好想永远住下去

搜索台湾最美民宿

圆神作家群，
圆神编辑团队

/
著

江西人民出版社
Jiangxi People's Publishing House
全国百佳出版社

图书在版编目（CIP）数据

好想永远住下去 / 圆神作家群，圆神编辑团队著 . —南昌：江西人民出版社，2015.1

ISBN 978-7-210-06834-1

Ⅰ . ①好… Ⅱ . ①圆… ②圆… Ⅲ . ①故事—作品集—中国—当代 Ⅳ . ① I247.8

中国版本图书馆 CIP 数据核字（2014）第 263315 号

江西省版权局著作权合同登记：图字 14—2014—246

好想永远住下去

圆神作家群，圆神编辑团队 / 著

责任编辑 / 李月华 杨帆

出版发行 / 江西人民出版社

印刷 / 北京市雅迪彩色印刷有限公司

版次 /2015 年 1 月第 1 版

2015 年 1 月第 1 次印刷

开本 /700 毫米 ×990 毫米 1/16 21.25 印张

字数 /300 千字

ISBN 978-7-210-06834-1

定价 /39.80 元

赣版权登字—01—2014—675

序

走过千山万水，最美的还是台湾

简志忠

第一次接触民宿是一个美丽的意外。

2000年，女儿国中即将毕业，准备申请高中，我们陪着她走访了美国东北新英格兰区六所学校，思考着未来三年就学的环境。新英格兰区的秋天，美得不可方物，坐在车上，沿途景致每一个画面都可以做成风景明信片。因为经验不足，在这个游人如织的季节，根本订不到旅馆，旅行社的朋友只好就近订了一间民宿。当我们到达时天色已黑，民宿就藏在一片树林中，当时被安排住进阁楼，推开门时，未及开灯，室内已见光华，雪白的床罩映着月光松软舒适，这应该是白雪公主的床啊，我们不约而同将视线移向阁楼的天窗……暗夜中，一轮明月静静地挂在那里，伸手可及。事隔多年，那个有天窗的阁楼和窗外的夜空，仍不时从记忆中浮现出来。

从此也改变了以往我对“民宿只不过是订不到旅馆的第二选择”的印象。

去年春天，在圆神内部集会时宣布了周休三日，没想到通过同事的脸书分享，引起媒体注意。那段时间，公司门口甚至附近的咖啡厅都有记者守候要采访我。这件事出乎意料，因为圆神周休两天半已经十五年，现在不过是多休半日的安排，纯粹是大家的默契，何劳媒体传播报道？

以前记者问为什么要休两天半，我总是说，因为我不是一个勤奋的人，不喜欢工作太久。现在回想起来，精确地说，我是期待一星期的工作在四天半完成。我认为工作只是人生的一部分，因为工作之外，我们还是人子、人夫、人父还有朋友……这些角色都很重要，也都需要花时间和心思。

在本书中，我看到作家及同事们卸下了工作，扮演另外的角色，尽情享受当地生活的美好。

小野带着两个姐姐，一起住进苗栗具有浓浓客家风情的民宿，小野还当起模特儿，穿上自己手染的深蓝布衣让姐姐拍照，手足间的亲密感又重回往日。

蓝丽娟和姐姐陪伴着刚拔管的父亲，在垦丁海天一色的夕阳下、草原上，扶持散步……只要能健康地相聚，就心满意足。

我看到佩文母女住进如迪士尼般的城堡民宿，打扮成公主享用美食、住美丽的房间……那梦幻的感觉应该是一辈子难忘吧。在绿得像玉的花莲乡间，同事躺在大床上听蛙鸣，骑单车到生机农场参观，听主人讲山苦瓜、百合有机栽种的故事，这些交流的经验，真是令人向往。

书中的三十二个民宿，不论是房舍造型、陈设巧思、民宿地理位置，或视野辽阔，或别有洞天，或强调当地美食、主人的私房菜，各有胜场，然而其共通之处，也是让投宿者流连忘返，甚至兴起“好想永远住下去”念头的，是民宿主人那颗细腻的心。他们尽其所能准备迎接这些久蛰城市、沉溺工作的客人，在萍水相逢的短暂时光，安顿抚慰他们的身心。这让我想起小时候每次和妈妈回她的娘家，在永靖乡下的外婆、舅舅、阿姨，就是这样张开双手欢迎我们的。原来这就是民宿的精神。

去年秋天，在朋友的收藏展览会上巧遇画家杨兴生，他自台师大艺术系毕业后负笈美国。他说年轻的时候骑着脚踏车在台湾到处写生，后来骑摩托车，年过七十后依然开着车在台湾各处看看画画。他说在世界各地旅游写生，前几年也到大陆华山等知名景点游历，走过千山万水。他觉得全世界最美的地方还是台湾，所以他一生几乎都在画台湾。每次我站在他的作品前，总是惊叹自己生长的地方怎么这么美，让来自乡下却久居城市的自己感动不已。

翻阅这本书，这位刚离世的画家笔下的荷田、古厝，绿金交织的稻田，映照云天的田洼，一一出现在眼前。推开民宿的窗，四季缤纷的乡野风情就在那里向你招手。以后再也不必担心买不到机票，不必飞渡重洋，不必舟车劳顿，我要追随同事，跟着他们的足迹，带着家人，也许邀集三五好友，逐民宿而居，亲近发现台湾之美。

目录

contents

297 PART 5 小岛风光／离岛

冬季旅行，真怕冷，夏天旅行，好怕热。都希望有个冬暖夏凉刚刚好的去处。有，北回归线通过的台湾岛，地处热带与亚热带，南北狭长，达394千米，地理上位置适中的台湾中部，气候上刚刚好，冬季比北部温暖，夏天比南部凉爽，正是台湾岛最接近冬暖夏凉的旅游地所在。

从西往东，由海到山，苗栗三义、南投水里、埔里盆地、清境农场，这一条线有着先民们胼手胝足的开拓脉络，本地居民、旧居民、新移民在这些地方都有努力的历史痕迹；也因此，多元丰富的文化，可以在此处见识到，新鲜多样的美食，能够在此地品尝到，许许多多的差异在此间融合成一种中庸包容的美。客家文化之美，还有木雕、陶艺。原汉文化之美，还有水文、园艺。开拓文化之美，还有美食、农艺。高山文化之美，还有风景、闲逸。可以看到、听到、尝到，自然环境为你准备的美景，民宿主人与邻近朋友为你准备的美声美食，你还可以亲自动手，为自己和亲友准备，体验手作的幸福。

本次我们特选了多家位于台湾中部的民宿，都有着幸福山居的旨趣，这其中有一种幽雅，是跟亲爱的朋友、心爱的家人旅行时所需要的。还有着刚刚好的温度、刚刚好的环境，能安顿身心，不必刻意地追求，只要来临，你的来临，幸福来临。

天时、地利、人和，一切都刚刚好的台湾中部，适合刚刚好的旅行。

一趟幸福的小旅行，你认真地做功课，真心诚意地陪伴，在每个亲爱的人身边，而是否能有个足够温馨的民宿，可以承接你这样的期待？民宿小旅行，就是这样为你安排的。

顺着这个旅行的期待，我们一道去台湾中部，住民宿，找幸福。

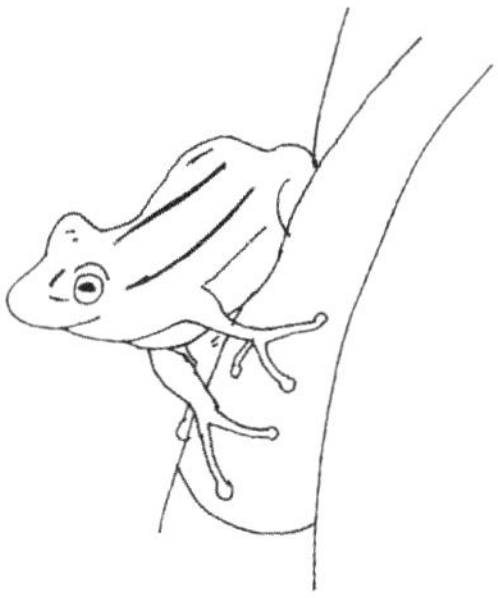

P A R T

山的对话

中 部

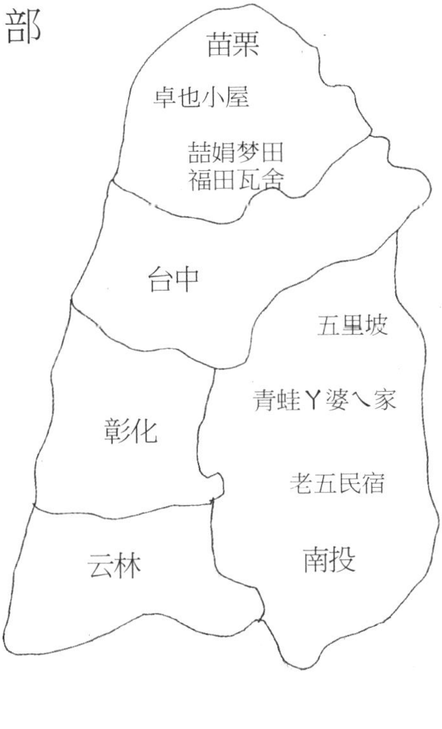

卓　也　小　屋

一趟深蓝和深绿之旅，深蓝的是衣服，深绿的是森林。

我终于要承认，我很适合穿深蓝色的衣服，生活在深绿色的森林中。

那才是我最适合的颜色，我终于找到了家。

- 地址：苗栗县三义乡双潭村 13 邻崩山下 1-5 号
- 电话：037-879198　房型：2 人房、4 人房
- 价位：$2800-$8200
- 网络：宽带网络免费上网
- 其他：住宿含早餐、晚餐、下午茶
- 官网：www.joye.com.tw

小　野

青出于蓝

珍惜

我约两个姐姐去一趟苗栗三义的卓也小屋过夜，因为据说那是一个客家聚落，我很想多知道一些关于客家人的身世。这十年间，我们一起经历了爸爸、妹妹和妈妈的相继离去，除了一个定居在美国南方的小弟之外，留在岛内家园的便剩下我们姐弟三人了。所以每当我们姐弟三人能齐聚一堂做些什么时，大姐总是会喃喃自语："真是太难得了。"二姐也会跟着说："要好好珍惜相处的时光。"

蓝染

卓也小屋是一个以苗栗三义的客家聚落及文化生活为主调的民宿，其中以蓝染最具特色，民宿主人为了保留祖先们最古老的蓝染技术，从大量栽种大菁，也就是俗称的马蓝，到采蓝、打蓝、培养菌株、建染缸，再到染布，

无一不是采用最原始的古法来制作。这种染布方式合乎自然、环保、节能、防虫，对身体肌肤都好。根据调查，这里的蓝染生产量竟然已经占了全台湾的四分之一，最近已经引起了学术单位和台湾“中国生产力中心”的注意，他们纷纷来到这个隐藏在海拔四五百米的民宿聚落了解和调查，一方面从这样的蓝染古法中寻找到一些现代科学的解释，另一方面改良生产行销方式，期待更有效率。

随着年岁的增长和父母亲的先后离去，我对于客家文化的了解渐渐产生了一种急迫的心情。我的父母亲都是来自闽西的客家人，在闽西、广东、江西的交界山区是客家聚落的集散中心，和台湾原有的客家人的不同之处是他们来到台湾的时间只在半个世纪之前，所以他们有一种更强烈的异乡人的陌生情绪。除了和祖母讲客家话之外，父母亲在家里只说普通话，加上我们从小居住在艋舺堀江町，连学校老师都用闽南语上课，我们家 5 个小孩反而是要努力学习闽南语，融入闽南人的生活。关于客家人的种种习俗文化似乎被父母遗留在遥远的闽西山城了。近几年我积极参与了一些和客家文化相关的创作，像客家儿童歌舞剧等，由于参与的艺术家多半不是客家人，反而有一种大胆创新的共识。文化有源头，但也有交流和进化，台湾正是这样多元文化互动的地方。也因此我可以以更开阔的视野探索客家文化。

崩山下

来到卓也小屋，更印证了这种多元文化互动的想法。在苗栗三义火车站等待我们的卓也小屋主人卓铭榜来自台中大甲，他和女主人郑老师都是闽南人，郑老师来自嘉义。“民国”五十年（1961 年）生的他原来是学农艺的，毕业后的前几年在一家大公司上班，只是管理几个大花园，工作太悠闲了。辞去了没有太多发展前景的工作后，自行创立公司，到处去竞标各种园艺工程，随着野心愈来愈大，工程愈包愈大，应酬也跟着愈来愈多，常常夜夜笙歌到天明。过了四十岁，卓铭榜终于开始认真地面对自己和未来，问自己想要怎样的生活和未来。领别人薪水太闲了，会失去热情和志气，自己当老板到处包工程太忙了，会迷失了方向。于是他决定离开熟悉的家乡，来到人生地不熟的苗栗三义客家聚落，从一片荒山开始。

十年前台湾的民宿风潮正当红，各地的民宿并不多，正处于供不应求的状态。或许就是这样的风潮，吸引了正跨过四十岁、想要为自己人生做出重大抉择的卓铭榜。他有一种台湾文化中“兵来将挡、水来土掩”的拓荒气魄，靠的是对未来生活的一种想象。能够买到这一片荒山野地也要有点运气，因为当地的客家人对于祖先留下来的土地是很眷恋的，就算是荒山野地也不轻易转手。原来的主人是一对八十多岁的老夫妻，眼看已经没有人可以继续守住这块山林了，才忍痛卖掉这块地去山下买了一块可以耕种的田地。“原来那对老夫妻曾经后悔卖掉这块地，后来我捡到一只猫头鹰宝宝，我告诉他们我一定会好好善待这片山林的，就像照顾这只小生命一样。他们就卖给我了。”卓铭榜说到这里，有些激动。

我们也终于来到卓铭榜夫妻花了十年耕耘终于有所成的聚落了。它有个很有趣的地址：苗栗县三义乡双潭村崩山下 1-5 号。

云雾中的聚落

用聚落而不是用民宿来描述卓也小屋，是因为我们眼前的房舍和印象中盖成像别墅一般的民宿很不一样，有些盖在山谷海边的民宿多少带点欧美的华丽典雅风格，卓也小屋不是。它像是一个很自然存在于云雾和森林里的村落，顺着山间小路能看到一间间竹篱茅舍，户户贴着春联、挂着红灯笼，小路两旁也挂上红灯笼，池塘里有鹅、有鸭，小路上有猫、有兔，来来去去自求生存。所有的设计都尊重原有的树木和山形，那些色调自然纯朴的房舍，就像是老早就长在那儿的，历经了风霜雨露，有岁月冲刷的痕迹，没有“反客为主”的突兀，有的是一种和谐共存的气息。从外面看进去，几乎看不清楚整个民宿的外观，整个聚落像是“种”在起伏的丘陵地上，顺着山势蜿蜒起伏，像是用手脚紧紧拥抱着整座丘陵地。似乎象征了客家人在迁徙到异地定居后，往往会尊重环境，不拘泥于外在形式，一切都“因地制宜”创造生机。大自然才是主人，卓也小屋也遵循了这种设计概念，让水塘和屋子从丘陵上自然长出来。

石虎

客家人所居住的聚落都是许多野生动植物被保存得很好的山区丘陵地，这极可能和客家人尊重大自然的生活习惯有关系。根据调查，苗栗低海拔山区是目前台湾稀有动物石虎分布密度最高的地区，因为是低海拔，所以在开发过程中常常会破坏了石虎的栖息地。来到卓也小屋之后，卓铭榜开着车子载着我去附近拜访他住在云雾里的邻居们，每个“隔壁”邻居都是隔着半座山或是隔着一座山谷，距离遥远但心很亲近，他们也都经营着民宿、餐厅、咖啡店，也有一些艺术家的工作室。我发现有些年轻人渐渐回到了三义，像卓铭榜的儿子刚从师大美术系毕业，已经投入了蓝染产品的设计工作；也有的年轻人开了咖啡馆，从屋子的建筑、室内设计到食物的烹调都是自己动手。

我问他们有没有看过石虎，他们异口同声地说“有啊”，原来还以为是猫，后来才确定是珍贵的石虎。我和回乡的年轻人们聊天，他们对未来的想法，个个都是青出于蓝。

自己的颜色

在卓也小屋我们学着蓝染。在这个过程中我最想问自己的是，我到底喜欢哪一种蓝色？于是我挑了天蓝，像天空那样的天蓝。我开始染一件像是“古代人”穿的客家男衫。其实，我不觉得自己穿那样有点飘逸的男衫会好看，总觉得有些古板。师傅一再提醒我要加强领子和袖口有两层的部分，而且要将整件衣服浸泡在染缸里，不要让任何一部分浮在染料上面，因为氧化会使颜色变深。我花了好几个小时的时间重复着染布和冲水的动作，竟然会有腰酸背痛的感觉。

当我穿上自己染的比原来想象的要深一点的蓝色男衫后，两个姐姐都说非常好看。于是我就在我们美丽的小屋内，像模特儿般地让姐姐拍照。就在那一瞬间，我想起了童年时候的两种颜色，深蓝和深绿，那是爸爸的最爱。他每天都穿着深蓝色的中山装，家里的窗帘一律都是军装的深绿色。在成长的过程中，我一度极力排斥这两种颜色，总觉得那是很保守的颜色，并且我们社会上已经习惯用这两种颜色来代表两种在政治主张上的极端基本教义派。

一趟卓也小屋之旅，是一趟深蓝和深绿之旅，深蓝的是衣服，深绿的是森林，颜色何其无辜？我终于要承认，我很适合穿深蓝色的衣服，生活在深绿色的森林中。那才是我最适合的颜色。

我终于找到了家。

小野

本名李远，就读台师大生物系时开始创作，出版《蛹之生》《试管蜘蛛》等书。在作家之路上，他创作的文学作品及电影剧本超过一百部。历经左手当编剧、右手写小说的岁月。得过《联合报》小说比赛首奖、电影金马奖最佳编剧奖等。新作《有些事，这些年我才懂》引起很大的反响，当选金石堂年度作家风云人物，再度开启一个新的创作高峰。

喆娟夢田
接待
大門方向

喆 娟 梦 田

感谢自己给自己一天到这里，和这里的人相遇。

好好感受住在山林里的放松自在，也体验一下老街的美好风景与当地人情味。

- 地址：苗栗县三义乡龙腾村 9-1 号
- 电话：037-870375、0988059559
- 房型：2 人房、4 人房
- 价位：$3800-$9800
- 其他：住宿附早、晚餐，免费提供自行车（需事先预约）
- 官网：www.zjmt.com.tw

苏陈端（贵妇奈奈）

与山岚和星星共枕眠

12 月初，台湾刚开始变凉，我的重要工作——奔走演讲告一段落，渴望休息。

朋友提议去一趟苗栗三义的山上民宿，走走老街、看看山景，放松治愈我这一整年（其实已好几年）在城市中过度挤压的身体、心灵。听起来不错，身为台湾人，台湾也不过熟悉几个城市，苗栗三义山区我还没去过哩。

纯粹想休息，选择不开车，买了张到三义的莒光号[1]，在周四下午一点半悠闲地出发，坐两个半小时的车，傍晚四点抵达三义。

躺在山上的好床上才能“调时差”

到了三义，从月台到出口的通道上，一路都是木雕作品，有人偶、有神像，

1 台湾铁路管理局所辖客车车种。

连招牌看板都是木雕设计（走在无人的通道上，四下只有木雕人偶迎接的感觉有点妙）。三义是木雕发展的起源，最早可追溯到 1918 年，三义乡民吴进宝先生捡枯木回家加工成摆饰，被日本人视为艺术品，大为喜欢，后来吴进宝便和日本人研究如何大量加工生产这些枯木艺术，这里便成为木雕艺术之乡。

我们事先已请民宿介绍计程车行，和司机约好时间到车站接我们。搭上计程车后，司机带着我们上山路，穿过一片片的树林，好期待树林后的世界。

喆娟梦田是朋友推荐的民宿，每一户房间都有非常棒的山景，一片片的玻璃包围房间，睡觉时别拉上窗帘，夜里就像睡在山林里，与山岚和星星共枕眠（不拉窗帘跟着星星睡，跟着太阳起床）。

我住在一楼别墅区的大客房，推开房门便被房里的摆设吸引，看见那膨得好高的床垫，心想一定是高档货，拍拍摸摸，真是舒服，更惊喜地发现床上有高级电毯！

原本进门看见那一张大餐桌，已兴奋得不行，打算在那张餐桌上写文章，既然有这么棒的床和电毯，当然要充分使用，马上改变主意，决定晚上躺在床上写稿。

喆娟梦田住宿含早餐和晚餐，住一晚几乎全包。用完晚餐后，我迫不及待地奔去洗澡，之后躲进被电毯包围的暖床。

真的好舒服、好享受，昏昏欲睡！没写几个字，十二点就熟睡过去了……建议工作狂不要带电脑来。这是我第一次这么早睡。平常在家有忙不完的家事和公事，上床时都已凌晨四点。我想，只有躺在山上的好床上才能“调时差”。

待在这里就有出国度假的感觉

隔天一早，九点的早餐时间，在大厅遇见早起的喆娟梦田的女主人喆娟（餐厅起家的女主人看起来很有分量）。“睡得好吗？”“非常好！”闲聊几句后，喆娟随口一提：“你睡的那张床是比照新天鹅堡国王的床打造的，价值五十万。别的床也不差，三十万，还有七十万的，棉被都是70%羽绒，枕头四种都是不一样的材质。我们以前住五星级、六星级饭店，他们都会让客人挑枕头，然后再送过去，我觉得这样太麻烦，直接在房里提供四种枕头，你爱睡哪一个就睡哪一个。”哇！难怪一夜好眠，舍不得起床。

喆娟梦田原本是喆娟自住的别墅，2006年盖好，当时她的第十家餐厅刚开张，忙到几乎没时间回来住。为了不浪费空间和美景，决定将自宅拿来招待客人。“民宿的意思就是朋友来我家做客。”她说。因为热爱欧洲旅游，所以也把自己的家（喆娟梦田）装点成英国殖民风、德国古堡风，所有家具都是欧洲进口，非常气派，待在这里就有出国度假的感觉。

这里有只快活的黑狗叫脚白。“脚白已经十几岁喽，它小时候很惨很可怜，逃到我们这里的时候已经是成犬，那时要喂它吃东西，它看起来很饿却又吃不多，一吃就咳嗽，也不准别人靠近它或摸它，我们几个硬靠近检查才发现它脖子上绑着一大圈铁丝，都陷进它的肉里了，好深好深，好可怜。铁丝围得太紧了，很难拆，我们真的是费了好大力气、找了很多方法才把铁丝剪开。一剪开啊，它好高兴啊，一直跳一直跳，好像得到前所未有的快乐。后来它就留在这里了。”脚白终于有了一个可以养老的好地方，是个有山有水还有吃的好地方。

吃完早餐，我们在民宿附近散步，走着走着，沿着铁道（约二十分钟），走向胜兴车站。

老街气氛怀旧，拍照好景点

我们一起走入暗暗的山洞里，山洞外就是胜兴车站了。远看不觉山洞很长，似乎可以一眼望穿，慢慢走到中间才发现一片漆黑，潮湿阴暗，没手电筒不行啊！打开手机的手电筒功能，终于可以继续往前走。

胜兴车站是西部纵贯铁路的最高点，高 402.326 米，是最险峻、自然景观最特殊的一段。这里是在日据时代建立的，至今已有 90 多年历史，整个车站为木造房屋，屋檐用的是日式虎牙式设计，据说有辟邪祈福的作用。

自从 1998 年 9 月 23 日晚上 9 点，新旧山线完成交接后，胜兴车站便退休成观光景点，气氛怀旧，非常适合外景拍照。

车站外的老街好有味道，这里的人好亲切，中午肚子饿了，走到胜兴客栈闻到饭菜香，毫不犹豫地走进去，原来是苗栗传统客家菜，押对宝了！我非常爱吃客家菜，尤其喜欢阿婆的味道。

客家菜，回忆里阿婆的味道

阿婆热情招呼我们入座，把好几十年的手写竹卷菜单“唰”的一声摊在我们面前，功夫真好！因为动作太帅，应我们要求，阿婆甩了好几次（我也跟着甩了好几次）。

阿婆问：“你们第一次来吗？”“第一次来。”“那我帮你们点比较快，就吃客家小封、客家萝卜汤、客家小炒，然后炒个蕨类好不好？”“好！”白饭和餐具自取，上菜超快，一会儿桌上就摆满了我最爱的家常菜，就像回忆里阿婆的味道。

客栈墙上挂着阿婆和阿公的照片，从年轻到现在，许多照片说着他们的

故事，两人一起在这儿生活了大半辈子，招呼客人大半辈子，传统的客家菜色维持着美好的老味道，好好吃！（每上一道菜，我们便哇哇地赞叹不已。）能吃到阿婆的菜，真的很感谢，感谢阿公阿婆依然开朗健康，感谢自己给自己一天到这里，和这里的人相遇，感谢同桌友人苏姗和文勃的陪伴。

用完中饭继续在周边逛逛走走。如果还有体力，还有时间，可以继续往上走到龙腾断桥，我们没这么多的时间以及这么大的野心，只想好好感受一下老街此时此刻、彼时彼刻的人事、地物。

街上有家亲切的海燕窝业者服务很周到，好热情地招呼我们，请我们喝了好几杯有浓浓胶质的海燕窝，他的好服务把海燕窝变成人间极品，好喝得不得了，当下我就订了八罐回家。哈哈哈哈哈，用力支持胜兴老街的经济！

苏陈端
（贵妇奈奈）

第一届百万博客冠军得主。每天都有数万名网友期待从她的文章中发现生活的热情，找到生活的乐趣。目前专职写作及演讲，是难得的网络与现实、文字与演说同样受欢迎的作家。在圆神出版的作品有《有多想要，就有多幸福》《我爱质男》。

与其翻百科，
不如背起背包，
踏上旅途

福　田　瓦　舍

对两个男孩来说，旅行的意义，
就是有伴、有得玩，还可以疯几晚；
对两个妈妈来说，旅行的意义，
就是孩子有伴，妈妈也有伴，暂时放下工作与家务，抛开假性单亲的疲累，
让心跟随身体，一起旅行！

- 地址：苗栗县三义乡龙腾村一邻龙腾 26 号
- 电话：037-876156　官网：www.futen-house.com.tw
- 房型：2-10 人房　价位：$2400-$6600
- 网络服务：无线网络
- 其他：住宿含早餐，晚餐请提前三天预约

文 / 张玮庭　摄影 / 宋慧纷、张玮庭

两个志同道合的妈妈，带着两个个性迥异却又互补的男孩子一起出游，原以为会是场挑战，没想到却是一趟舒适放松之旅。换个环境，能让亲子关系更加紧密，并让真正的自己获得释放。带孩子出门其实不用太多顾虑，不如说走就走！

隐身在浓荫绿意里的好“蝠”气

这次旅行妈妈们没开车，沿途都是靠台湾最亲切的计程车司机。明明不是包车，小黄司机还体贴地中途停下两站，让我们观察正在泄洪的鲤鱼潭水库，孩子们新奇地看着，这可是他们人生的第一次！

计程车一路从三义车站往胜兴车站方向行驶，经过龙腾断桥，转入森林小路，一路往上，只见浓密绿荫却不见房子，我正想问民宿在哪儿，一个转弯，福田瓦舍宛如龙腾断桥年代的古厝造型，立即映入眼帘。

我们住在四人房的小木屋，一进门，就看到小小黑黑的蝙蝠趴在窗帘的皱褶里休憩，四个城市佬竟没人惊声尖叫，反而拿起手机就拍，我们兴奋的拍照声，吓跑了小蝙蝠，它盘旋在挑高的木头屋檐附近，再度隐匿身影。台湾人说蝙蝠谐音“福”，千万不能把“蝠”气给赶跑喽！刚上完蝙蝠课的小哥哥赶紧安抚弟弟别紧张，因为蝙蝠比我们更害怕。

取之自然、用之自然、学之自然

早晨，透过餐厅的窗户，能看到满眼绿意，我聆听初夏恣意的蝉鸣，以及孩子们在庭院观察昆虫的欢笑声。民宿主人来问要不要喝杯咖啡。城市里每天的第一杯咖啡，是为了清醒，为了开始工作。在这里的第一杯咖啡，却是贪图它的香味，深深吸一口气，我终于发觉自己的存在。

跟着孩子们一起探索民宿，发现每个角落都是巧思：为天鹅和鸭子搭建的凉亭，有着旧式汲水器的鲤鱼池，整排木头与石砖铺成的林荫小路，春末更会化身为满是白雪的油桐花步道。民宿主人放下原本的建筑师工作回归自然，也将福田瓦舍整体规划融合大自然。依照山形坡度，保留原有的溪水与老树，搭配邻近的龙腾断桥设计，让福田瓦舍就像是一座与世隔绝的古迹城堡。

春与夏交接的夜晚，我们在小溪旁探访闪闪发光的萤火虫，纱窗上就攀爬着夜蛾与锹形虫；白天则在树上发现鼓噪的蝉，在水生叶子上遇见尾巴还没退化的小树蛙，孩子们兴奋地在小溪旁捡拾水虿羽化为蜻蜓后的空壳；傍晚时分研究着蜘蛛如何努力结一张大网。在这里接受大自然的指导，比任何生物书上学到的都更多。

铁道火车穿越时空之旅

这次旅行，我们搭乘了各种铁道火车，包括自强号、区间车、柴电机车、迷你电动火车以及蒸汽火车。先搭自强号到苗栗转车，停留一小时逛逛“苗栗铁道文物展示馆”。那里摆放着曾为人们服务过的各式火车头与车厢，静静记录着一段段过往年代。

接着来到三义，跟七十七岁的老爷爷蒸汽火车头 CK-124 碰面，体会蒸汽火车的魅力！三义是台铁旧山线邮轮式列车起站，我们穿越时空回到七十年前，当火车要进山洞前，列车长还会广播提醒旅客关上窗户，因为蒸汽黑烟会喷进车厢内。幸好我们早有万全准备，戴上口罩和太阳眼镜，虽然脸上还是沾了不少煤炭渣，但这真是相当新鲜的复古体验。

旧山线邮轮式列车最热门的停驻站是胜兴车站。有趣的手工店、小物店、非买不可的伴手礼客家麻糬，以上这些都无法吸引五六岁的小男孩们，他们最爱的还是沿着火车轨道竞走，举起手电筒探索有钟乳石的黑漆漆山洞，以及重复花三十元，一搭再搭迷你电动小火车。

离开胜兴车站前，我们决定把今天的祝福寄给未来的自己，孩子们兴奋地挑着木头卡片，画上旅途中有趣的记录。我也写下：“给未来的自己，请比今天更勇敢，比今天更快乐，比今天满足，让未来永远充满希望！”

让学习变成一场旅行

成为母亲后，我的孩子让我明白，与其坐在空调房里翻看百科全书，还不如背上背包，买张车票，踏上旅途。这次的三义之旅，就是趟结合学习的旅程，孩子们站在龙腾断桥下发现自己的渺小以及地震的威力；站在鲤鱼潭水库旁，对梅雨、饮用水与泄洪的关系有了初步认识；走入有着钟乳石的火车山洞里，明白它曾被废弃多年；观察空空的蝉壳，揣想蝉蜕变的方式以及地底生活的模样。

深刻的体验是自然而然的学习，旅行的放松与自在则是最美好的学习，三义也因此无可取代地存在！

张玮庭

从生了孩子以后，摸索着如何当个母亲；从跟孩子到处旅行以后，才了解什么是学习。

如果每一刻的经验都能感动我自己，那么也一定能撼动孩子的心！一起学习、一起成长，就是最好的亲子关系！

推荐

私房景点与美食

陈先生说这里最赞！

三　义　丫　箱　宝

来这儿可以直接买木雕装饰品回家，或者选个仍未上彩的木雕，花两三个小时，慢慢完成属于自己独一无二的作品。DIY 价格从 250 元起计，依不同款式的木雕而有差异。两个小男孩这次绘制了愤怒的小鸟木雕。

- 地址：苗栗县三义乡重河路 176 号
- 电话：037-872076
- 营业时间：周一至周五 09:00-17:00，周六、周日 09:00-18:00
- 官网：www.dp-duckdiy.com.tw

天 空 之 城

天空之城距离龙腾断桥不远，制高点上还能远眺鲤鱼潭风景。宛如宫崎骏动画里的城堡设计，天空之城伫立在山林里，更让它成为观光客热爱的景点。入场门票可以抵有点昂贵但吃着还不错的餐点，重点是这城里真的处处是风景，随便拍都是明信片！

- 地址：苗栗县大湖乡新开村十份 33 号
- 电话：037-951815
- 营业时间：平日 10:00-19:00、假日 09:00-19:00
- 官网：http://www.chateau-in-the-air.com.tw

自 然 风 情

就在三义和卓兰的交界，鲤鱼潭水库旁，拥有一整片翠绿的大草坪成为“自然风情”的特色。可以放风筝、玩飞盘，我们还在大自然里办家家酒，让人流连忘返。孩子们还捡了许多自然死亡的小粉蝶，决定带回去做成标本，成为美好的纪念。

- 地址：苗栗县卓兰镇西坪里西坪134之7号
- 电话：04-25898987
- 营业时间：10:00-19:00

赖　新　魁　面　馆

传承三代的老店，墙壁上的菜单不多，光这几样就远近驰名，粄条非尝不可，这可是客家村的美味代表。不论油葱或辣椒酱都是自制，听说干粄条加上两匙辣椒酱和少许黑醋，味道一绝。旅人一定要试试！

- 地址：苗栗县三义乡中正路170之1号
- 电话：037-872600
- 营业时间：07:00-20:00

与大地一同呼吸，
重新学会生活

老　五　民　宿

在满园绿意和虫鸣鸟叫声中，
你很容易放松下来、放慢步调，
去用心感受食物的滋味，
感受风拂过脸上的感觉，
感受人与人之间的互动。

- 地址：南投县水里乡上安村福田路 29 号
- 电话：049-2821005　房型：2 人房、4 人房
- 价位：$3200-$6000　网络服务：无线网络
- 其他：住宿含早、晚餐。为响应环保，
  入住房客请自备盥洗用具，也欢迎自备环保碗筷餐具
- 官网：www.oldfive.com.tw

文 / 黄淑云　摄影 / 赖良珠、蔡易伶

和同事高高兴兴地规划好六月中旬的水里之行，准备逃离火炉般的台北盆地，偷闲到山上去避暑。没想到，六月初南投发生地震，水里也受到影响，就连在台北的我们都有震感，赶紧打电话问问预订入住的老五民宿和周边有机农家一切是否安好，却听到“中华电信”说对方电话没挂好，搞得我们更是紧张。改用电子邮件联络，幸好隔天收到了老五民宿的回复，说他们没什么事，“只是有几颗大石头不安分地跑到大马路玩耍”。哎哟，看来这是一家颇风趣，而且看待万物皆有情的民宿呢！

沿溪行，忘路之远近，忽见桃花源

由于我们一行四人都不会开车，便选择搭火车到台中，再转集集线到水里。搭着支线列车晃呀晃，慢慢行经南投各山城，光是看着窗外的绿意，就觉得平常累积的郁闷一扫而空。列车在各站停靠时，外头充满花香、草香、树木香的空气趁着车门打开的短短几十秒一拥而入，让人忍不住趁机多吸好几口。

我们请老五民宿到水里车站来接人，由主人老五卢振旭先生亲自出马。

从车站到民宿需二十多分钟车程，当车子沿着小径往下走，转进河流旁的一片林间绿地，眼前出现一栋黑瓦白墙的唐风木造建筑时，我们忍不住“哇”声四起地赞叹起来。看着这里满眼的绿，心里觉得，对老是盯着电脑、电视的现代人来说，这真是一个“顾目睭”[1]的好地方啊。

在每个角落看见对环境友善的态度

“有机”是老五民宿很大的特色，也是主人老五的理想。民宿的庭园采用生态工法营造，遍植青松水柳，一方荷塘居然是生态净化池，民宿产生的

1 闽南语，养眼护目的意思。

污水流到这里，被荷花池里的植物净化之后再放流出去，完全“肥水不落外人田”。在这样的环境里，虫鸣、鸟啼、青蛙呱呱叫是基本配备，看着在园区里逛大街的黑冠麻鹭、红冠水鸡，让乡下长大的我简直要涌起思乡之情。晚上吃过晚餐后还有夜间导览行程，萤火虫和独角仙一一现身，大人小孩都兴奋得一起尖叫了。

坐在民宿一楼的客厅，边跟老五聊天，边试吃试饮他们自制的各种有机产品，梅醋、葡萄醋、老松醋、梅子、醋橄榄统统吃过一遍，好滋味中尝得到一份对食物原味的尊重。这里的餐点也是一绝，不但采用当地的有机食材，早餐的全麦养生馒头和晚餐的糙米饭还是用烧柴火的古式大灶蒸、煮出来的。看到那大灶，乡下人如我又是一阵他乡遇故知的激动。

老五不但在自家民宿坚持有机，还与附近一群友善的农民组成“上安自然农耕队”。跟着老五民宿的导览活动去参观有机农园、葡萄园、香菇农场，

因为适逢葡萄产季（我们可是上网做过功课的），不但尝到了甜死人不偿命的新鲜葡萄，还得以进果园享受采果乐。在香菇农场，虽然因为香菇还在太空包里酝酿，没机会亲手采收（看来只能暂时在办公室种种小香菇安慰下自己了），但因为老板很自豪地告诉我们，他们家的有机香菇烘干之后是可以直接吃的，那还客气什么？直接抓来吃了！吃起来果然有蔬菜饼干的感觉，很容易一口接一口，必须发挥成年人的自制力，才不会让人以为我们是来贪小便宜的。

重新找回对生活的感受力

在老五民宿的自然环境里，你很容易放松下来、放慢步调，去用心感受食物的滋味，感受风拂过脸上的感觉，感受人与人之间的互动。吃完早餐后，一行四人也不急着展开当天的行程，就坐着聊天，而且跟自己人聊不够，还去招惹一群跟家人来玩的小朋友，听他们争相报告在某棵树上看到独角仙，在某处水洼里看到小鱼、小虾，等等，脑袋完全放空，只顾着跟小孩“练肖话”[1]，害人家差点一见如故到把家里地址背出来。这个地方果然会让人很放松啊！

老五民宿还有一个很有个性的地方：没有电视。一开始本来有点担心，怕晚上会无聊，结果完全多虑了。第一，真的没什么时间闲在房间里看电视；第二，没有了电视的干扰，一行四人晚上回到房间里“只好”聊天，让平常多数时间都在谈公事的我们有更深入了解彼此的机会，可算是意外收获。

说真的，要看电视不必大老远跑到水里来。有机会到一个不只单纯提供住宿，还让人可以在满眼的绿意和满耳朵的鸟叫虫鸣中静下心来，与大自然一同呼吸的地方，谁还会把注意力放在那个小框框里？

黄淑云

进入出版业当编辑17年，因为喜欢搞神秘，往往跟人说自己从事的是“纸类加工业”。

编过的书类型众多，从百科、图鉴，到小说和灵修书都有。

出去玩喜欢走慢游路线，是会在乌来待三天、在剑湖山世界待两天的那种人。

1 闽南语，意指夸大不实的笑话或胡说八道。

推荐

私房景点与美食

老五说：这里最棒！

上　安　自　然　农　耕　队

老五民宿与附近一群同样坚持有机理念、耕种出自然无毒健康蔬果的农民共同组成的团体，成员有上安香菇农场、安川有机农园、甘喜农场、谢谢农场和天山岭农场。老五会为住宿客人安排导览活动，详情可咨询老五民宿。

冒　烟　的　馒　头　店

制作老五名产之一全麦养生馒头的地方，取用当地农夫的安全无毒食材，以少量酵母加入老面发酵，再以手工揉制、柴烧慢蒸方式制成，口感扎实，愈嚼愈香。

- 地址：南投县水里乡郡坑村水信路二段 8 号
- 电话：049-2821255
- 营业时间：每日下午 1:30-4:00 冒烟出炉

餐 坊 美 食

招牌菜是梅子料理，是信义乡最先推出梅宴的餐厅，梅子鸡用的是放养土鸡，制作费时，想吃得先预约。其他菜色也很有水准，绝对不要因为它看起来像方圆五百里内唯一的餐厅，就不抱太大期望。结账的时候，你更是会觉得物超所值。

- 地址：南投县信义乡玉山路 52-10 号
- 电话：049-2792233
- 营业时间：不定，请先打电话确认当天有没有营业

望 乡 部 落

这个部落很有意思，家家户户门口都有个小石板，上面有手写字介绍这家人的特色。光是这样一家一家看，就可以耗掉大半天。我们也问老五，如果是他，石板上会写些什么，他答道：“一肚子不合时宜。”

怎么去：位于信义乡望美村的布农族部落，在台 21 线约 101.5 千米处可以看见望乡部落的招牌，转进去往前开一阵子就是了。

草　坪　头　玉　山　观　光　茶　园

一座广达 50 公顷的茶区，聚集了许多茶园、制茶厂，有些还兼营民宿。园区里除了茶树，还种了好几种樱花。所以，樱花季节可以来赏樱，其他时间则可以来体验制茶 DIY。

怎么去：位于信义乡同富村草坪头地区，在新中横公路（台 21 线）往玉山塔塔加及阿里山途中约 110 千米处。

被阿婆宠爱的幸福时光

青蛙丫婆乀家

午寐后喝上一杯青蛙丫婆特调的冰凉蜂蜜奶茶，
蜂蜜、奶香、茶香谁也不抢谁的锋芒，
各自散发出自己的香味，
有时感觉我和姐妹淘的情谊就像这味儿，
个性不同却顺口啊。

- 地址：南投县埔里镇桃米里桃米巷 11 之 3 号
- 电话：049-2918862　　房型：2-6 人房
- 价位：$2240-$5500　　网络服务：无线网络
- 其他：住宿含早餐及晚上由民宿主人导览赏蛙
- 官网：may.emmm.tw

文 / 吴彩凤　摄影 / 李杰修

相识二十多年的老友，每隔一段时间就碰面交流近况，这次我们选择青蛙丫婆飞家来酿我们的友情老酒。

仿佛走入欧洲宫廷花园

到达埔里距离天黑还有一段时间，我们趁日光还没溜走时在民宿转转，将这栋依山傍水欧式风情的建筑尽摄入眼里与相机里。青蛙丫婆教插花有二十多年的经验，在中部台湾颇具知名度，丫婆发挥其独特美感将民宿打造成舒适的居住空间与青蛙、蝴蝶、鸟儿的顶级 villa（别墅）。虽然是民宿，但丫婆却以高规格设计每一间套房，古典的家具、鹅绒的寝具、精选的盥洗包、干湿分离的盥洗室等细节上有着星级饭店的高水准。但入住时，除了有饭店的享受，更有住在家里的舒适自在。

走到户外，仿佛进入欧洲蝶儿翩翩飞舞的宫廷花园，丫婆的花园种了许多难得一见的观赏花木，还大量种植蝴蝶幼虫、成虫的食物，赏心悦目的同时兼顾生态的食物链。

到了晚餐时刻，我们准备走出去觅食，丫婆热情力邀我们一起用餐，餐桌上是白斩鸡、鲜鱼汤、炒米粉、茭白笋、炒时蔬等家常料理，但这一顿饭

还吃到了丫婆用心款待的热情与坚持给客人最好的精神，我们像是被自己的阿婆宠爱着，用心感受有很温馨很丰盛的一餐。

从“井底之蛙”变成了十足疯狂的“追蛙粉丝”

丫婆的细腻用心一样发挥在青蛙生态的营造上，白天看不出所以然来，一旦夜幕低垂，青蛙丫婆乀家摇身一变成了夜夜笙歌的音乐厅，只不过台上唱歌的主角不是人，而是可爱的青蛙啦。喷了丫婆家的防蚊液，我们每个人都分配到手电筒与干净合脚的雨鞋，晚餐后的重头戏赏蛙之旅开始喽！

丫婆一边介绍各种青蛙的生态与习性，一边发挥听声辨位的本领，无误地指出青蛙给我们这些“蛙盲”看，我边喊“卡哇伊”，边轮流近距离狂拍，只为了捕捉到蛙歌星最迷人的风采，从“井底之蛙”变成了十足疯狂的“追蛙粉丝”。

我们陆陆续续看到“给给给”日夜叫不停的腹斑蛙、绰号“斯文男”的斯文豪氏赤蛙、戴着黑框眼镜的黑眶蟾蜍、适应能力强的泽蛙、具有隐身能力的“忍者”小雨蛙、叫声如低沉的狗吠声的贡德氏赤蛙、拉肚子吃西瓜的“西瓜哥哥”拉都西氏赤蛙、栖息在纯净水质中的“莲莲”金线蛙、传来轻佻口哨声的面天树蛙、大腿内侧穿着红色内裤与黑色洞洞袜的“流行教主”莫氏树蛙、发出机关枪扫射声的白颔树蛙……这真是我这辈子看过最多青蛙的一晚。

全台湾有三十三种青蛙，在桃米生态村可以和全台湾三分之二的蛙类相遇。青蛙丫婆利用时间去学习生态课程并考取桃米生态村的导游证，但并未因此满足，为了亲眼了解蛙儿最完整的变身过程，常半夜自己一人背着相机守池待蛙，一个画面错过了，往往要等第二年或第三年才有机会拍到。丫婆对青蛙的热爱与对生态的用心营造，让我忍不住跟好友说丫婆是我心目中的

女神。

散步，是最接近生命本然的时候

午寐后喝上一杯青蛙丫婆特调的冰凉蜂蜜奶茶，蜂蜜、奶香、茶香谁也不抢谁的锋芒，各自散发出自己的香味，有时感觉我和姐妹淘的情谊就像这味儿，个性不同却顺口啊。

当全身的细胞再度被唤醒，我们带着旺盛的活力前往台湾“暨南大学”。“暨南大学”是台湾海拔最高的大学，全台最高学府可不是三两下就能读完的，值得人们倾注四季不同的时刻来领受它的深邃美丽，只要你来，它是绝对不会让你失望的。

层峦叠嶂的山环绕校园四周，天空深浅不一的蓝染荡漾泼洒在群山万壑的绿海里，弥漫着一股古代修行人云深不知的幻化。我们虽没赶上春天校区里上千株绽放的樱花，却凑巧沐浴在阿勃勒黄金雨里。有对新人正在黄金地毯上拍照，一旁的我们也被几许亮黄的喜悦心情感染了。漫游到草皮似海、轻波起伏的大草原，看到一片望不到尽头的鲜绿，心情也开阔了。我们悠闲地仰躺在绿海上做起日光浴，身心跟随着徐徐吹来的风，让心灵在自然中全然解放。

认识时间超过人生岁数一半的我们，姗姗踱步在影枝交错于地上、头顶上的香楠步道，聊着最近生活的点滴，生态不是只有关注外在的环境，内在的对话和杂念的清理，更是对自己负责的态度！和好友来到桃米村一游，就像喝了老酒般，打通任督二脉，微醉却愈陈愈香。

吴彩凤

教书超过15年，以“做人处世远比会读书重要”的理念教导莘莘学子。

已持续8年每天骑1小时单车上下班，过着简单自在多蔬食的低碳生活。

除了阅读，还喜欢画油画、打桌球、爬山舒展筋骨，最爱通过自助旅行慢慢体验异乡的风土人情之美。

推荐

私房景点与美食

茅 埔 坑 溪 生 态 公 园

茅埔坑溪生态公园就在青蛙阿婆家民宿旁。茅埔坑溪的河道采用生态工法建造，茅埔坑溪两旁就是茅埔坑湿地的所在地，里面种植了多种水生植物，也有许多小动物栖息于此。公园里最受欢迎的就是两只竹制巨型蜻蜓与巨蛙，成为到此一游照的最佳背景。

纸 教 堂

这座纸教堂是从日本神户鹰取教会迁移到台湾埔里桃米村的，日本原型加上迁移到台湾后的附属设施的规划，让两位优秀建筑师的作品激荡与共鸣出“纸的坚硬 vs 钢的柔软”的对话，糅合出整个园区建筑的美感。当夜幕悄悄地降临，纸教堂披着朦胧月色的薄纱呈现出一种单纯、一种静谧，浪漫美

丽的光景有别于白天的明朗，总是吸引造访者的目光。

- 地址：南投县埔里镇桃米里桃米巷 52-12 号
- 电话：049-2914922
- 营业时间：每月的第一个星期三为园区公休日，如遇法定假日则照常营业

广 兴 纸 寮

在这里可亲自体验制作个性化的创意手抄纸。我选择了一张有漂亮压花的手抄纸来拓印，看着自己的作品“日日是好日”出炉，开心满意极了。我感受到的不只是传统手工造纸工艺产业与文化之美，更多的是手工纸那独特触感的纸纹魅力。

- 地址：南投县埔里镇铁山里铁山路 310 号
- 电话：049-2913037
- 营业时间：全年无休（除了“除夕”休馆）

五　里　坡　民　宿

我知道这一下山，就得面对日常的生活。但是我愿意多拐个弯，绕回头，再次爬上坡；因为我记得这里的步道、山岚、夕阳，还有人的味道。

- 地址：南投县仁爱乡大同村信义巷 40 号
- E-mail：service@5km.com.tw
- 电话：049-2802333
- 房型：2-6 人房、villa 都有
- 价位：平日 2 人房 $2600 起
- 其他：附有机早餐、特色下午茶
- 官网：www.5km.com.tw

简　世　明

这里有的是“人的味道”

这天早上，突然地，操场的洒水器罢工，怎样都喷不出水。辛苦地挖开埋在土里的铁制箱涵，果然是预期中最糟糕的结果：电磁阀坏了。

下午还上了一节课，刚考完月考，照例狠狠地训了“不用功”的这一班弟子们。

然后，匆匆忙忙地出发。

七弯八拐的蜿蜒山路，尽有翠绿的山林、苍劲的山树，但在我心中盘桓的还是孩子们的成绩，还是那个半躺在土中的电磁阀。我怀疑是不是考题太难？是不是我辅导得还不尽力？而一个要价数千元的电磁阀，要从哪里凑足经费？

回过神来，车程已过了雾社。印象中清境还在仁爱乡的上面，距离相当遥远。结果大出意料，有了6号国道的大力相助，傍晚时分，远远望去清境已在不远处。

发现美呆了的绝佳风景

民宿主人小陈戴着一副眼镜，站在门口等候我们。让我诧异的是，谈吐

儒雅的他出奇地年轻，却已经是一间民宿的经营者了。

刚刚将行李放好，小陈建议："时间刚刚好，是夕阳造访的时刻。山上的夕阳美得让人发呆啊！"来不及攀谈，就在主人的强力推荐下，走上山后的小小步道。

噢，原来整间民宿并不是聚在一起的，而是数间小木屋错落有致地"镶嵌"在山壁间，木屋与木屋是由这条通幽曲径细细连缀，环罩着整座山坡。山径旁垂着主人家自种的南瓜，开着小小的朵朵黄花。

"时有微香逗晚风"，深深吸一口气，开车的疲累立刻消逝无踪！

顺着步道缓缓走去，置身在丛丛的深林中，这个时间点，人烟稀少，只有我与内人两个。寂静的山传来寂静的鸟鸣，嗡嗡回荡，竟然有种寻幽探秘的禅味。

淡淡的微凉在步道中流泄，走着、走着，正感到有点疲累了，然后发现了"发呆亭"。这亭建得凑巧，亭边的摇椅也架得刚刚好。坐下来歇歇腿，俯瞰整个迭起的山峦，层层的彤云透着霞光，真的，真是美呆了！

所以，原来"发呆亭"的真正含义，是"发现美呆了的风景"的小亭！

山中居，自成一种步调

吃晚餐的时间到了。我请教小陈："为什么这里会叫作五里坡呢？"没想到他浅浅笑着："请先用餐。餐后再聊吧！"住宿者是在餐厅用餐，主人不陪着。这是小陈与太太说好了的。

"这间民宿是我爸爸开设的，"小陈打开了话匣子，"大概有十五年了。"

"祖居宜兰的父亲是一名精于土地测量、勘探、规划的技术人员，在台北打拼多年。一次甚深的机缘中，受邀到金山规划开发一片土地，原来是朱铭大师的博物馆。因此种下了与大师相识的因缘。"

那一年，朱铭大师厌倦了台北的喧嚣、无止无尽的酬酢，无法清静的心，何能奢言创作？于是大师南下寻觅适合的土地，就在南投仁爱乡找到这一方心灵的"清境"！朱铭先生马上向小陈的父亲招手，引荐他也在这里买下一片山坡。

"父亲是看到朱伯伯工作室'无知坊'的对联'举头天下尽博士，透视人间皆无知'，心有所感，觉得世间事无理无绪，哪里理得这许多？于是将民宿取名叫'无理坡'。"小陈笑着继续说，"因为怕太惊世骇俗了，所以才改成'五里坡'。"

"所以到你为止是第二代经营者喽？"

"是啊！就是江湖上人称的'宿二代'。"小陈太太抢着回答，"老公是退伍后奉命回来接下棒子，而我呢……"回头看了小陈一眼，"是被他拐骗上山的！"小陈还没反应，我指指一直在我们身边钻来钻去、俩人可爱的小女儿，对着内人笑说："那这就是犯罪的铁证了！"

小陈太太接着说："其实我们俩是设计科系毕业的学生，我还是他学姐呢。原本认为自己毕业后会投入设计相关行业，一展才能，没想到竟然被哄上山，经营起民宿来。"

"是有少许的遗憾吗？"

"遗憾肯定是有的。得不到的最珍贵啊！"小陈接口说。

“起初很排斥这行，但是现在不同了。山中居，自成一种步调。现在有时我俩下山到城里，一定会吵架。光是找个停车位就会搞得人心浮气躁，站在台北街头，熙攘的人潮，炫目的街景，这好像……好像不是我熟悉的味道了！”

“是哪种味道？”我追问。

“嗯……是……对了，是人的味道。”夜色渐浓，外面的山景已渐渐模糊，但是小陈的声调却愈见清晰。

“父亲总爱念上几句，说我俩没有企图心，不找一些广告企划公司包装一下，也不认真经营博客，甚至还计划下个月将房间再裁减两间！”

“其实，房间太多，忙不过来，提供的服务就会打折；广告也不必打，我们希望上得坡来的旅客，都是喜欢我们、喜欢这里的朋友！”

“选择五里坡的人，希望他们都能摆脱那些尘嚣的框架，在这里重新尝到‘人的滋味’，自然的……慵懒的……”他左手摸了摸下巴，“……受到尊重的滋味，而不是什么豪华刺激的体验。”

“是啊，有一次新装潢好的房间首卖，入住的居然是两位大学生，拿着七八千元现金结账，眉头都不皱一下。年轻人居然拿着父母的钱胡花，真想把他们赶下山！”小陈太太回忆着说。

天啊，这种民宿主人也真是太另类了吧！

“我们也不陪着客人用餐，就是希望大家静静享受山中静谧的时光，而不想变得好像应酬一样。”

聊了好一阵子天，夜深了，不能打扰太久。主人带领我们前去休息。

登上最高处，惊喜在眼前

一夜好眠，清晨的曙光毫不避忌地穿透进来，道声早安。

约了内人，再次登上小小步道。这次刻意往另一侧，有一点探险的意趣。果然，登上最高处，又有另一个惊喜“好凉亭”！

从这里俯瞰清境全景，民舍栉比、水田阡陌，刚刚苏醒过来的大地，美得让人屏息！接着在更远处的天际，塔洛湾溪在群山间迂回环绕，“万山不许一溪奔”，拦得溪水涓滴积累，便是一泓清澈的万大水库！

用完丰盛的早餐，我们向年轻的民宿主人告别。小陈太太早早就开始张罗大家的早餐，却遍寻不着小陈的踪影。

“轮班啊！昨晚他值晚班，照顾大家安稳入眠，早上就是我当班了！”一面看着小女儿，一面在小厨房忙进忙出，这也让我们窥见民宿经营辛苦的一面。

主人夫妇坚持不愿露面，所以拍不到他们的倩影。小陈太太笑着说：“欲知庐山真面目，只缘身在五里坡！”

我知道这一下山，就得面对日常的生活，要搞定我的学生，还有那个电磁阀。但是我愿意多拐个弯，绕回头，再次爬上坡；因为我记得这里的步道、山岚、夕阳，还有人的味道。

简世明

服务于“国小”的一名老师。喜欢尝试新的事物，会骑独轮车，愿意教人骑独轮车。

近来在学吹萨克斯风，退休后打算在日月潭当街头艺人，骑着独轮车吹萨克斯风。

然后，画了两本绘本和写了《老师的10个对不起》一书。

还有……真心喜欢孩子，很高兴自己是一名老师。

小旅行路线建议及玩法

旧铁道小旅行，在山城里找到人间仙境！

第　一　天

出发！抵达三义火车站。

到民宿入住。

步行在龙腾断桥和胜兴车站之间的旧山线铁道旁，或搭上老爷爷等级的蒸汽火车来一次怀旧之旅，感动于铁道遗址与客家山城人文的交会。

向晚，换关刀山的云海上演大戏，如同漫步在云端一般！

傍晚，人潮散去，正是来胜兴旧车站旁，细细品尝中国妈妈亲自烹煮出地道客家菜的好时光。

夜里，享受无光害的星空与高海拔才有的新鲜空气，难怪曾亲耳听到国外客人赞叹此为“人间仙境”。

第　二　天

早餐后，展开属于三义特有的人文艺术之旅。

在三义丫箱宝馆内 DIY 属于自己的木雕，在山板樵艺术馆画上钟爱的京剧脸谱或在卓也小屋进行客家蓝染的创新体验。

中午，在推荐的山城民宿内享用雅致的健康火锅或创意餐，当地的食材让三义行程打满分！

午后，搭一个半小时的火车到二水火车站，开始下一段火车怀旧之旅——“集集线”。

集集线另一头的车埕站，是旧时浊水溪沿河伐木集散地水里的火车运输起点，相当值得探访！

水里上安村老五民宿入住。

来这里的客人，很自然地围坐在大木桌旁，一边远眺玉山山脉，一边品尝主人亲自烘焙的高海拔咖啡、茶叶，和此地特有的有机果醋。

当晚，我们吃古老柴火灶煮的香Q饭，感觉像回到从前探望山里的亲戚一般熟悉，而大量采用当地食材、少烹调、自然健康概念调理的晚餐，不知不觉让身体轻盈起来。

入夜，与主人随兴探访院子里的生态，溪虾、萤火虫、独角仙、水鹭们，都因无污染的环境而自然地存在着。

第　三　天

早起，与主人相约一起到河边慢跑，是更深入了解上安村很不错的方法。

早餐，生菜沙拉、紫米粥、手工柴烧馒头、有机水果，每一口都是自然不过的好味道。

今天，随着主人一一拜访葡萄园、香菇农场、谢谢农场这些“上安有机农耕队”的成员，也有机会一一品尝当季的农产，并准备好回程的伴手礼。

接着，往新中横公路更高处探访。望乡部落的布农部落、玉山为名的茶园、梅树下的食坊，都为深入山城、造访仙境之旅，留下更丰富的回味！

人文小旅行，
在湖光山色中遇见
对味的人、事、物！

第　一　天

上午，买张日月潭联票，直达新乌日站。用套票里的客运券接上台湾好行观光巴士，国道 6 号行驶一个小时不到，就抵达游湖起点：水社码头。拿出来回船票兑换券，盖上手印。

随着邵族解说员的风趣介绍，日月潭的山光水色更加宽阔鲜明起来！约半个小时，船已靠岸在伊达邵（旧名德化社）码头。

上岸后到富豪群餐厅民宿，在充满艺术创造力的庭园里品尝独特的水果餐。

下午，悠闲地在湖边散步，或搭日月潭缆车从高空鸟瞰。随后搭船回程，换搭一小段客运约十五分钟，即到达以青蛙闻名的“桃米坑”，也是当晚民

宿的所在地：青蛙丫婆乀家。

近晚，漫步至纸教堂，欣赏“纸坚毅、钢柔软”的建筑特色，也赞叹在朦胧的夜色里教堂透出的灯光之美！

夜里，在拥有全台湾最丰富青蛙种类的民宿里，随女主人优雅地和这些小家伙玩认识游戏。

第　二　天

早餐后，来一趟台湾“暨南大学”健步走。地大便是美，若巧遇樱花、阿勃勒花开的季节，更是不虚此行！

今天，先进埔里山城，由民宿主人推荐至“广兴纸寮”体验传统手工艺文化之美。

午后，搭客运从埔里缓缓向山里行去，随后公路蜿蜒而上，过了雾社、卢山交会口不久，台湾的香格里拉——清境到了！

入住不过度商业化经营的五里坡民宿，这里的山岚、夕阳、小小步道、发呆亭和松饼水果下午茶，细细品味都有“人的味道”呢。

当晚，与同伴耐心等候拍摄星空，甚至星轨的美照，准备贪心地把这海拔两千米的清爽气质带下山去！

第　三　天

清晨，面东的每一扇窗户，都被中部台湾的阳光穿透，不贪睡！

快乐地一边享用美味健康的早餐，一边欣赏塔洛湾溪水汇聚之后，万大水库展现的一洼翠绿。

今天，追随“滇缅义勇军”的开垦足迹来到青春草原，凑热闹探望生活在这里幸福而健朗的绵羊们。

往上，博望新村的聚落里，保存了更多迁徙记录的历史文物。当然，也留着像“美斯乐”一样滇味十足的精致餐厅，让“金三角传奇”更令人想象。

回程，台湾好行巴士上，一幕幕的美景烙印心中，而且景中还有一张张可爱主人的脸呢！

台湾最热情的地方在哪里，十个人中有八个会说是南部。

对，地处热带的台湾南部，有最热情的阳光、沙滩，热情大方的民风，当然还有最热情的民宿主人。你知道的，南湾的沙滩那么白、那么美，海水那么蓝，从少年时代跟同学来玩，到谈恋爱时和另一半来浪漫，结婚生子更是带着小孩一起来享受这度假天堂。

万峦令人垂涎三尺的猪脚，受到人们的欢迎和大力推荐，就是这样的美味，每每牵动自己往南大快朵颐的心。大鹏湾新兴的海洋娱乐，便宜又划算，举凡风浪板、水上脚踏车、独木舟、帆船，在此处都玩得到，而且安全，价格超实惠。那么，你一定还知道，比台北东区有更多逛街人潮的垦丁大街，热闹非凡，每次来都有新的、大的、小的惊喜。

除了时尚多变的垦丁大街，你还要知道，台湾岛南端有一个超过百年历史建于20世纪初期的热带公园，它是垦丁公园。台湾岛最南端的鹅銮鼻，是一座小半岛。岛上有一座18米高的鹅銮鼻灯塔，鹅銮是排湾族语“帆船”的意思。

台湾最南的乡镇是恒春，恒春半岛是名副其实的四季如春，即使秋冬两季，都还是花木扶疏，绿意盎然，游客如织。台湾最南部该有多么靠南，多么有趣。

传统与新潮，这里都能满足你，现在就去台湾南部走走。

P A R T

2

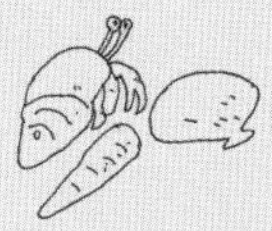

海的洗礼

/

南 部

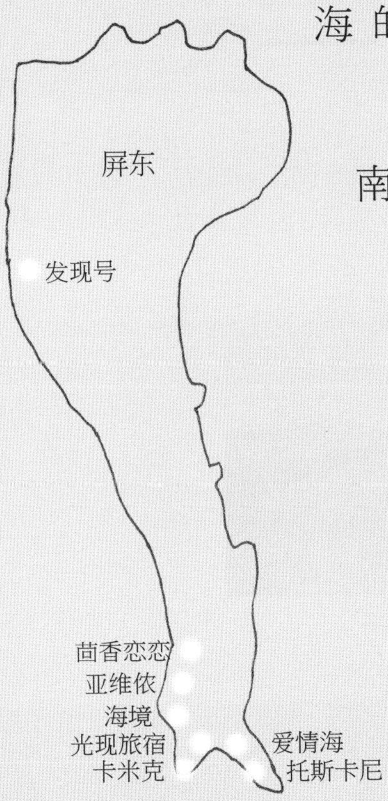

海　境　度　假　民　宿

天啊！白色的聚落，美得像地中海的小村，造物主与人们总是合谱着美景，时时刻刻上演着惊叹号。

我们徜徉在海之涯、山之巅，自在，舒服，喜悦。

- 地址：屏东县恒春镇山海里红柴路 2-6 号
- 电话：08-8869638、0934-135888
- 房型：2 人房、4 人房
- 价位：平日 $4200 起
- 网络：宽带无线上网
- 其他：住宿含早餐、下午茶
- 官网：www.oceanparadise.com.tw

蓝　丽　娟

山之巅，
海之涯，
能在一起就幸福

“要去垦丁噢！”

“黑金水捏（那很漂亮呢）！”

“那乀价好康（怎么这么好）！”

我亲爱的妈妈一听我们姐妹俩计划带她与爸爸去垦丁度假，在电话筒那端止不住地惊呼着。仅仅是这三朵惊叹号就足以燃烧我体内的柴薪，化为助我提前完成工作，推掉杂务南下，策划这趟垦丁小旅行的熊熊动力了。

暖暖冬阳下，庆祝生命的喜悦

朋友推荐佳评如潮的垦丁民宿“海境”，但全家能成行的几个日子都没有空房；好不容易预订到入住日期，已是落山风[1]霸占恒春半岛的11月上旬。

1　台湾恒春半岛对东北季风的惯称，落山风属于下坡风。

怎知，10 月底，排山倒海而来的工作使我几乎无法招架之际，近年来病痛不断的爸爸竟出现症状，被送进医院。谨慎的医师做过身体诊察，紧急处置后，神秘地对姐姐说："好像摸到一个硬块，可能不是良性的……先消炎，一个礼拜之后，得照超声波才知道结果……"变化打乱了计划，这消息顿使我们姐妹俩心慌，而且，医院排定接受超声波检查的日期，就在垦丁小旅行的前两天。

"怎么办？……要取消旅行吗？要不要先带爸爸回台北，换其他医师彻底检查？"姐妹两人私下讨论着，忧心忡忡与不确定感仿佛笼罩满室的低气压。唯独爸爸不知实情，仍乖乖照三餐吃药；在家休养时，双眼总不时看着窗外，期盼着垦丁之行。

姐妹俩担忧，煎熬，失眠，辗转反侧，理性与感性交叉翻滚，连日等待着主治医师"宣判"的那一刻之前，身心紧张的低气压已经逼近飓风的临界点。

"好消息，检查结果没有大碍，只是一般的发炎而已！"

"是……是真的吗？"当我听见医师的检查结果，眼泪迸出眼眶，一时之间喜得不知如何是好。

我们如释重负，回到家，草草吃过饭就昏昏睡去，如同站哨多日甚少休息的士兵。隔日近午起床，我揉着惺忪双眼来到客厅，只见爸爸坐在沙发上，困惑地看着我，嗫嚅问道："那个……我已经拔管了，我能去垦丁吗？"

一脸怯然的爸爸，好似感冒被禁足的孩童。瞬间，我哈哈大笑，连忙握紧他的手，撒娇说："那是当然的啊，老早就说好要带你跟妈妈去垦丁度假的嘛！"

于是，暖暖冬阳下，我们前往垦丁，这趟三天两夜的小旅行终于成行。心灵上，我们像在喝香槟，庆祝生命的喜悦。

海色，美得令人不忍离去

车行屏鹅公路，转向知名的生态保护据点：后湾。再行经礁岸延绵的万里桐，我看着GPS，心想，应该快到海境了吧！摇下车窗望向山边，远远就看见两栋雪白色的建筑矗立在山巅上。“咦？那是不是就是海境？”我大喊。

此时，一块绿色的路牌遮住我的视线：山海。道路一侧是山，一侧是海，此地名唤“山海”，真是妙极了。

行经一座小小海港，沿道路缓缓前进，直到GPS指向一座山，汽车行驶在狭窄山路上，沿山势上攀，周遭遍布原始林。每到一个交叉路口，我都冲口问道：“是往这里吗？”而每当我问完，路边就会出现小小的“海境”标识，令我不禁莞尔。人生就像找路，近日的峰回路转也正像此刻的蜿蜒，不是吗？

当树荫不再遮蔽天空，端出一整片无云的蓝天时，视野顿时开阔，出现

一道白色围墙。我们按下对讲机，通报：“您好，我是预订住宿的蓝小姐。请问民宿主人尤小姐在吗？”

铁门缓缓开启，视线随之进入围墙后方的世界。

“啊！”一家人止不住惊叹。

眼前所见是一望无际的大草原，连绵到山巅，低头吃草的牛儿纹丝不动。一侧是中央山脉尾端，一侧是山巅，往下望就是巴士海峡与台湾海峡交界处。而占地数十公顷的草原上，十几只摇着尾巴的腊肠狗兴奋地跑叫着。原来，它们才是广阔大草原的主人。

才下车，猝不及防地被狂风吹得满头乱发，一转头，正见妈妈狼狈地抓起帽子，边戴边嚷着：“落山风真强呢！”我们互望一眼各自的猖狂乱发，哈哈大笑。

“根据中医的说法，这中央山脉吹来的干爽落山风很健康，对身体很好，要多吹噢！”尤小姐解说完，带领我们入住豪华双人房。

从房内望向窗外，就是湛蓝的海，我走出露台凝视海色，美得令人不忍离去。

“我们免费供应早餐，每天下午4点钟还免费供应下午茶，欢迎到玻璃屋享用。”总是微笑的尤小姐提醒道。

玻璃屋一侧毫无遮蔽，距离不到10米的草坡，就是山巅了；可以说，窗户犹如一张大自然的屏幕，我们见证着日影渐长、低云不时隐蔽日光的奇幻景象。聊着吃着，当红霞映照着全家人因兴奋而涨红的脸，只觉得好暖和、好幸福。

“要不要去大露台看夕阳？”我起身问。

拄着拐杖的爸爸摇摇手说，坐在玻璃屋赏日落就满足了。于是，我牵着妈妈的手，姐姐牵着小朋友，一前一后跨出玻璃屋。

夕阳引我走向草原，碎石路，落山风，大口畅快地呼吸。宽广无边的草场上，我们倚着露台栏杆，眺望平静的海、山海港的白色小聚落与天边的红霞。眯着眼睛，背着落山风，我们无语，只是凝视火球尽力为人间放出温暖，

直到冷风吞没海面反射的最后一道光。

什么是幸福？就是全家人一起受生命之神的眷顾吧！

天地宽阔，人心就开朗

当夜幕覆盖整片大草原，我们栖息在房间里，像是停泊在生命转弯处的避风港。既然来到大自然里，就没人想要再开车出门沾染垦丁街上的五光十色。

当晨曦从中央山脉上方张开双眼，妈妈早已牵着小朋友走向牧场，抓了一把新鲜青草喂牛，想得到牛的青睐。爸爸虽然拄着拐杖，也决定在草场上走走，于是，我陪着爸爸走走停停，环顾四面八方360度的视野，张开双臂，在心上写下一段话：天地宽阔，人心就开朗！

吃过民宿准备的微笑早餐，我来到昨晚看夕阳的大露台，再次眺望山崖下的山海港。天啊！白色的聚落，美得像地中海的小村，造物主与人们总是合谱着美景，无时无刻不上演着惊叹号。

民宿是两栋白色建筑物，白天逼近细看，才发现迎风面是两堵白色大墙，而墙面有不规则的开口，建筑风格似乎在向柯比意[1]致敬。尤小姐听我这么说，害羞地解释："没有啦，这是我们请建筑师帮忙设计的，原意只是想有一堵墙能抵挡落山风，而墙面的许多小开口，只是希望还是能从窗户看见风景罢了。"

无论如何，民宿的每间房都面海，都有独立隐私的露台，至于山景，也就是迎风面，只要流连楼梯间，就能从墙面开口的窗户观赏中央山脉四时变换的风景，犹如美术馆典藏的风景画。

1 即Le Corbusier，伟大的法国建筑家。

几乎是在退房的最后一刻，我们才愿意告别这个彻底让全家人舒缓放松的海境大草原。

离开台湾最南部，往北时行经万里桐，坐在岩石上看渔人抛着长长的钓竿，有一小队潜水客沿礁石慢慢下海。从绿色渐变到蓝的海色，是天然的光谱，也是大海的色谱。

百转千回的秋末冬初，我们来到山之涯、海之巅，踏着青草，看着日落，大口呼吸，不刻意做什么，只是放松顺着心走。

只因为，能在一起就幸福。

蓝丽娟
LAN
LI
JUAN

专事写作。喜欢旅行，喜欢美学，喜欢从感人的故事中寻找意义。

写作横跨旅行、建筑设计、台湾的当地关怀。

畅销作品：《坚定信念：肝病世界权威陈定信的人生志业》《果然台湾：种出当地的幸福》《人生基本功：建筑师潘冀的砌砖哲学》《跟着安藤忠雄看建筑》等十三本。

爱　情　海　名　宿

原来垦丁的阳光毫无保留，从我的青春岁月闪耀到人妻生涯。

它不专属于某个年龄，它为每一颗渴望奔放的心灿烂发光。

希望不久后，在小阿里学会游泳时，再来垦丁家庭旅行吧！

- 地址：屏东县恒春镇垦丁路和平巷 93 号
- 电话：08-8861238
- 房型：只有甜蜜 2 人房
- 价位：$3500-$4800
- 网络：免费无线上网
- 其他：住宿含早餐
- 官网：www.loveocean.com.tw

文 / 刘中薇　摄影 / 阿里

烙印美丽回忆
在旅人心中

距离上一次去垦丁，让我数数，嗯，应该是十多年前的事情了。那时候还是青春美少女，如今已经升格为少妇。青春美少女的旅行关键字可以是阳光、沙滩、比基尼，当一枚少妇可就有强烈的不同，我的关键字变成：尿布、奶瓶、副食品。

这一趟垦丁之行是我与老公小胡子第一次带小阿里出去旅行，行前整理行李时，我目瞪口呆地望着满满的婴儿用品。我从小行李箱换成中行李箱，最后是20英寸的大行李箱，才能塞进足够七个月大的婴儿旅行三天的用品。（为娘的我默默抽出比基尼，放进小人儿的15片尿布……）

造访那天我们搭高铁、转租车，一路往南方奔去，夜晚的公路上，空气中慢慢飘来海水的鲜味，那是垦丁捎来的迎宾礼。

将近11点的深夜抵达目的地，我们一行三人其实相当疲累，不过，站在民宿门口，看见月光下白色的石墙、庭院中摇曳的烛火，心情便随之兴奋起来。啊，我真的来度假了！

浓情蜜意，让人脸红心跳

走进柜台，老板小郘亲切地送上民宿的招牌饮品柠檬冬瓜茶，这可是他尝试过十几家牌子以后，特别严选的冬瓜茶呢！

几个大陆来的年轻旅客正围着老板娘紫湄询问景点。原来现在正值大陆的十一长假，整个垦丁因为这些旅客的涌入，显得热闹非凡。

小阿里完全不怕生，在大厅里逢人就微笑放电。一位浙江来的长发美眉围上来赞美着："眼睛好大！萌死了，萌死了！"为娘的我不由得虚荣起来。"上楼了啦！"小胡子敲醒一脸酥茫茫的我，我赶紧抱着小阿里跟上。

我们的房间位于三楼，鲜橘色的墙面，大红色的床组，床头墙面上一抹神秘黑线勾勒花的剪影，中东风味相当浓厚。转进浴室，映入眼帘的是一个大得不像话的红色心形浴缸，它稳稳地安置在偌大的浴室正中央，配合四周黑红色马赛克墙面，浓情蜜意的气氛让人脸红心跳。虽然孩子都已经生了，我还是忍不住娇羞了起来……

此时，有人轻敲房门，紫湄带着一份印刷精致的地图前来，相当专业又迅速地为我们快速导览垦丁怎么玩。其中消夜的部分，她可是大大推荐：“一品卤味，卖到半夜两点呢！”

一品卤味在垦丁大街上，从民宿走出去只要三分钟，太便利了。饥肠辘辘的我们立马背起小阿里，觅食去！深夜 12 点的大街已无人潮，一品卤味的灯火在旅人眼中显得多么温暖可爱。

这一晚，就在卤味佐小酒中入梦吧！

/ 匆忙间，是否忽略了隐而不见的美好 /

隔日一早，小阿里讨奶的哭声将我们唤醒，这趟旅行少了“睡到自然醒”的放纵惬意，不过也正好让我们及早醒来享受南台湾的阳光。

走出房间的落地窗，眼前出现整片绿意葱茏的山景，往右边看去是小尖山，往左边看去是大尖山，深深呼吸，我好似吸进一整座森林的芬多精，依山傍海的小屋，怎不令人心旷神怡?

阳光下的爱情海名宿相当迷人，我特别钟情充满悠闲感的庭院。木椅、白墙、摇椅，以及悬挂在墙上的脚踏车、大躺椅上随意四散的抱枕，微风徐徐吹来，舒服得让人轻飘飘，小阿里竟然就在庭院里睡着了呢！

吃完民宿准备的精致早餐，我们驱车往岛的最南端迈进，鹅銮鼻灯塔是台湾最南的灯塔，也是照射最远的灯塔，静静守护着这一片蔚蓝海洋。

谁是守护我的灯塔呢？想起这段日子，为娘的我都用牛奶泡脚，这个风和日丽的瞬间，我忽然感恩起小胡子的辛劳。

“老公，你是我的灯塔。”我谄媚地说。

“呃……”小胡子胡乱回我，“那你是我的灯泡。”

“灯泡那么圆，我干吗要当灯泡啦！”真是不解风情！

小胡子要起嘴皮子：“灯泡很重要耶！灯塔有灯泡才会发亮嘛！”

叮！亮了！好吧，女人真是好哄。

继续往风水砂、佳乐水驶去，要不是老板娘特别推荐“转角食堂”的冰沙，我们恐怕一个加速就错过了。看到招牌，跳下车来跃跃欲试，杧果冰沙甜而不腻，是烈阳下的盛品。总是这些藏匿在转弯处的美味，让人惊喜。我们的人生，会不会因为太过匆忙，也忽略了许多隐而不见的美好呢？

为每一颗渴望奔放的心灿烂发光

夜晚，终于有机会和紫湄闲话家常，小邬与紫湄夫妻两人原本都是室内设计师，最后决定放下城市的工作，来到垦丁，投入自创民宿，打造爱情专属的码头。

爱情海名宿自诩为爱情开始的地方，十三间房都规划成甜蜜两人的房型。

一如爱情的花朵需要时间灌溉才能孕育芬芳，所以爱情海名宿七年来不断成长、修饰，成为如今魅力无边的样貌。

每一位旅居的客人，都留下一份情，看着墙面上满满的明信片、照片、感谢信，就可知道民宿把多么美丽的回忆烙印在旅人的心中。

紫湄告诉我，她最难忘的是，曾有一对男女，七年前第一次来的时候是朋友关系，订两间房分开睡。隔年再来，已经变成情侣，合住一间房。到后来，求婚也在这里。最近一次前来，已经带着"爱情海宝宝"一起入住（没错，那对夫妻特别强调，就是在这里造人成功的）。这个故事见证了爱情海名宿果真是"爱情开始的地方"，不但是开始，还一路陪伴着爱情向天长地久的永恒迈进。

因为爱情海名宿大获好评，小邬与紫湄又陆续设计了牧场 villa、五号美术馆，未来更计划推出小木屋，让我好生期待。

这一晚，我们被安排入住他们的第二号作品：牧场 villa。

通往牧场 villa 的小径，真的位于垦丁的牧场区，一大片草原一望无际，牛儿在草地上漫步。当牧场 villa 入口的木栅栏缓缓开启，很难不被充满异国风情的庭院吸引，小池塘、发呆亭、摇摇椅，让我惊喜地东张西望。牧场 villa 只有四间房，每一间都是有自然风味的庭院，四周被树林包围，带着低

调隐秘的神秘感，非常适合想要抛开凡尘俗事暂时躲藏的旅人。

我们入住的那间叫作“仲夏夜之梦”，房间连庭院，大得好似我在山林中拥有一间房子一样，而且主人设计了露天浴缸，完全无遮蔽，要不是当夜落雨，我真想体验在垦丁星空下沐浴的滋味呢！

三天两夜的行程很快地过去了，虫鸣、鸟叫、浪潮声中，我的旅程还夹杂着婴儿的哭闹声。原来垦丁的阳光毫无保留，从我的青春岁月闪耀到我的人妻生涯。它不专属于某个年龄，它为每一颗渴望奔放的心灿烂发光。希望不要过太久，在小阿里学会游泳的时候，再来垦丁家庭旅行吧！

刘中薇

右手拿笔，左手握麦克风，不断说故事的创意人。作家、编剧、讲师，发表作品涵盖剧本、动画、散文、小说。信仰爱，奉行暖生活。相信人生没有边界，美好的事情一定会发生。目前是新手妈咪，淡江大学大众传播学系兼任讲师。

在垦丁，
找寻属于你的那片海

托斯卡尼

这是我们一家四口第一次一同来垦丁，
孩子带走了两颗贝壳，
而我和丈夫则带走了满满的回忆与充电后平静的身心。
这趟有山有海的美丽小旅行让我们在垦丁
找到了属于我们的那片海。

- 地址：屏东县恒春镇垦丁里垦丁路石牛巷 1–1 号
  （垦丁石牛溪农场内）
- 电话：08–8861283　　房型：2 人房、4 人房
- 价位：托斯卡尼：$2750–$8800；
  石牛溪农场小木屋：$2100–$6050；
  漫步酒庄：$3300–$8800
- 网络服务：无线网络
- 其他：住宿含早餐及农场入园清洁费
- 官网：tuscany.tw

文·摄影 / 吴静怡

找一个舒服的角落，呼吸

从垦丁大街到这里不到五分钟的车程，却恍如进入世外桃源。下了车，前方迎接我们的是领着一窝小鸡散步的母鸡，旁边呱呱觅食的鸭子大方地与车争道，孩子们早已忍不住追着它们跑，毕竟在台北街头能看到鸡鸭的机会实在不多啊！所以就连我们这些坐惯办公室的大人也忍不住跟着兴奋了起来。民宿主人告诉我们，等一会儿羊圈还会免费提供牧草让游客喂羊，孩子听到有羊可喂，眼睛都亮了起来。

眼前一望无际的大草原让人忍不住想脱了鞋放肆奔跑，或许早料到这片草原将激起住客的童心，所以民宿主人贴心地准备了风筝与飞盘让游客借用。尽管是艳阳灿烂，但难得的悠闲时光与心境让我们早将紫外线抛在脑后，恣意享受这片宽广的翠绿。跑累了，铺起垫子拿出吃食就是一场野餐，蓝天白云下，还有什么能更美味。

垦丁的大街与沙滩已经给予足够的娱乐与感官刺激，这里给你的却是随处可见的休憩角落。一片树荫，一张椅子，我脱下手表，坐在那里看着孩子在草原上尽情奔跑嬉戏，丈夫用相机捕捉着孩子的笑颜，不觉也带着笑意，平日里的忙碌烦忧早已抛在脑后。远眺群山伴着蓝天，台北的阴雨绵绵似乎远在上个世纪。我轻轻跟着草木呼吸，发现垦丁的样貌其实不只有一种。

把度假的态度带回家

下午时分，推开酒庄大厅的雕花大门，回荡在挑高空间里的不仅有微风与阳光，跃入耳际的是意式乡村音乐，洁白美丽的墙上正播放着南法酒庄的酿酒影片，然后咖啡香气盈满鼻腔，让我有一刻真的以为自己置身欧洲。

找个位置坐下，比利时饼干率先打开味觉，裸露的咖啡香气让我无法拒绝，忍不住浅尝一口。纯正地道的意式浓缩咖啡其实并没有想象中好喝，苦涩中带点酸，主人笑着说，这是大多数人的第一反应。就像高山茶之于西方人，若没有深刻的文化背景，便很难理解那种甘苦的余韵。但那又何妨，能有这样一个午后，悠闲地品尝着咖啡，与家人交换几句感受，不就是这里最想传达的生活态度吗？

除了意式浓缩咖啡，你也可以选一杯法国红酒。这里的红酒可不简单，

是主人亲自到法国酒庄挑选的最适合这里环境与氛围的一支酒，再特别请酒庄量身定做酒标贴上，完全是限时限地限量才能品尝的好滋味。前味强烈，后味圆润，从第一口到最后一口都是惊喜，主人笑说别喝醉了。环顾四周，游客们三三两两群坐，情侣夫妻们享受着难得的悠闲对话，孩子们则享受着自家客厅般的舒适自在，笑声盈盈。我想，醉人的是这空间里的幸福滋味吧！

/ 为环境而生的建筑 /

石牛溪农场里有三个民宿，林场小木屋充满美式风格，托斯卡尼完美重现了意大利风情，而漫步酒庄则让人仿如置身法国南部。这三个民宿的风格迥异，适合的客群也大不相同，但唯一相同的是，它们都以最自然的方式融合在环境里，似乎早就伫立多年，低调而朴实地存在着。

主人说，这片土地其实隐含着长辈的梦想，当初他们来到这片土地，沙滩就在足迹可到之处，隐秘的山林里伫立着一个小木屋，从不同的角度可以分别眺望垦丁的三个山头：大尖山、小尖山、大山母山。当下知道，这里将是他们辛苦大半辈子后可以安度怡然生活的好地方。但重新打造新环境毕竟是很劳心劳力的事，所以为了一圆父母的梦，民宿主人放下台北的事业，返回垦丁一切从零开始。学土木科系的他亲手画起设计图，思考着适合这个环境的建筑是什么，让梦想的轮廓付诸现实。然后，当房子好了，一切就水到渠成了。

找到属于自己的那一片海

走出农场到石牛溪口，这是一处鲜少人迹的海滩。阳光正好，衬着波光粼粼，眼前湛蓝一片，让人不由得心静了下来。孩子的反应最是直接，迫不及待地踩着细沙向海奔去，然后捡拾着贝壳、寄居蟹，处处都有惊喜，一个小水桶就玩得不亦乐乎。我们则是看向各自不同的远方，那端是猫鼻头，这

边是鹅銮鼻，还有那无边无际的海天一线。

我问主人，垦丁沙滩那么多，你最喜欢哪一个？他说，仔细看海，会发现颜色千变万化，正蓝、碧蓝、深蓝、青蓝，有时甚至透着黑。年轻的时候喜欢海上活动，或串些贝壳送女友，现在渐渐地只喜欢静静坐在沙滩，听海看海。年纪心境不同，海的意义就不同。垦丁之所以是垦丁，因为它让每个人都能找到属于自己的那一片海。

下次来垦丁，别忘了也来寻找属于你的那片海。

吴静怡
WU JING YI

文字是种疗愈，阅读与书写都是。围绕着文字工作了11年，未来也将持续着。

有幸参与了这些书的诞生：《看得远的，就是好母亲》《最孤独也最饱满的道路》《BabyHome育儿宝典》。

它们在打动读者前，早先感动了我。

推荐

私房景点与美食

小牛叔叔说这里最赞！

南湾夕照

面貌多元，是垦丁游客最多的一面海，几乎可满足每个人的需求。喜欢刺激的，这里浮潜、快艇、香蕉船、水上摩托车一应俱全。喜欢浪漫的，手牵手在沙滩漫步，踩着细沙望向落日，绝对会是难忘美好的回忆。全家出游的，陪孩子堆沙堡踩浪花，足够消耗一整个午后，共享天伦之乐。

冒烟的乔

原是高雄知名连锁店，合理的价位与令人食指大动的墨西哥美食让它成为垦丁大街最具人气的餐厅之一。招牌菜烟熏猪肋排鲜嫩多汁、德国猪脚外酥内嫩，想要大口吃肉，这里绝对是你最好的选择。2013 年 10 月开设大湾展店，蓝白相间的法式建筑与大湾海景相呼应，美景美食一次满足。

◆ 地址：屏东县恒春镇大湾路 188 号（大湾店）

◆ 电话：08-8861185

◆ 营业时间：11:00-24:00

东　港　饺　子　馆

民宿主人说，这是他在台湾吃过最好吃的饺子。冲着这句话就一定得尝一尝，果然名不虚传，饺子内馅鲜嫩多汁，而且分量不小，一般男生十颗下肚也就颇有饱足感了。另外，还推荐猪肉汤饺，由于农业社会许多人为了感念牛的辛苦而不吃牛，于是店家推出猪肉面、猪肉汤饺。汤头清甜，肉质新鲜有嚼劲，是水饺的最佳良伴。

◆ 地址：屏东县恒春镇恒公路 688 号

◆ 电话：08-8899575

◆ 营业时间：11:00-14:00、17:00-21:00（周日公休）

麦　当　劳

你没有看错，是台湾各乡镇都有，口味一致，说不上地方特色的麦当劳。但当我问民宿主人什么是垦丁最推荐的美食，他毫不考虑地说“麦当劳”。想象一下，当你买了套餐走到小湾沙滩坐下享用时，垦丁的海与沙就在身边，野餐般的精美包装拿在手里，这时，79 元套餐的价值就不再是 79 元了。

◆ 地址：恒春镇垦丁路 342 号

◆ 电话：08-8861165

◆ 营业时间：6:00-2:00AM

追着光影去旅行

光现旅宿

追着变幻无常的光影，寻找生命中的漂流，
我们背起行囊与相机，逆着海风，
在台湾最南端，迎接关山与龙銮潭的夕阳，
记录一瞬之光的美景，
而那一瞬只属于此时、此地、此人。

- 地址：屏东县恒春镇大光路 78-6 号
- 电话：08-886776　　房型：2-4 人房
- 价位：$3000-$7500
- 网络服务：无线网络
- 其他：住宿含早餐
- 官网：www.the-light.com.tw

文 / 陈素芬　摄影 / 翁盈

寻找生命中的漂流

从恒春沿着往后壁湖的计划道路，经过 15 分钟的路程，光现旅宿就显眼地矗立在后壁湖渔港旁的山腰上，远看像巨大的水泥魔术方块，近看却有粗犷的低调奢华，类清水模的建筑方式，刻意去掉过多的装潢修饰，建材却不马虎地采用防火木丝板，结合当地工班，运用自然石材、原木、黑铁、玻璃等元素，让光影与框景创造对话。但我最喜欢的，还是旅宿里利用空间营造出随处可见的光影变化，就像活的艺术品，无论是清晨或是深夜，在不同的时刻，装点着旅宿的空间。我们住的是“时光房”，打开门，红砖墙有着浓浓的古城风味，往窗外看去，就可以欣赏海景，每个房间都有不同的风情，就像跟光影玩游戏，这也是设计师的匠心独运。

腼腆的旅宿主人张铭发先生是垦丁国家公园的认证解说员，总是能用生动的描述让我们了解国家公园的特色，并且依照旅程的天数、团员的特性，提供给旅客最好的行程规划与咨询服务。另一位民宿主人吕先生，外号“阿努米”，兼具理性与感性，他说“旅行就是一种空间的对待与时间的流动”，他希望建筑物与土地能带给旅客舒适与安详感，通过与旅客闲话家常传达理念，用更具人文思维的角度，加深旅行的意义，让经营民宿少了商业气息而多了人文温暖。

接着我们沿着台湾的最南端猫鼻头一路到白沙，虽然铁定不会遇到大明星理查·帕克，但朝圣的路线已经在心中酝酿许久。浪漫地将脸贴在沙滩上，听着海浪拍打声，循着少年 Pi 的目光，看到从草蜿蜒的小径，我似乎有一点了解少年的感伤与期待。

/ 海底两万英里的呼唤 /

屏东“国立”海生馆是我们一直很想造访的地点，海生馆位于车城乡，离光现大概有 30 分钟的车程，如果是现场购票，全票一张是 450 元，建议可以在民宿订房时，直接用优惠价购票。到了海生馆，需将买来的票券拿到售票亭兑换入场券。（PS：停车收据要记得收好，因为出停车场的时候必须要缴回！）

我们选择一大早就进馆，游客还没有太多，正好适合在深海蓝的世界里，

被馆中营造的奇幻空间包围。循着参观路线，我们先来到“珊瑚国王馆”。经过一个个大型的水族箱后，接着就是令人赞叹不已的海底隧道。据说这是亚洲最长的“海底隧道”，全长有81米，是可容纳150万加仑水量的巨型人造海洋，迷幻的空间感，让人仿佛行走在海底，仔细聆听，可以听到海中生物歌唱般对话，不疾不徐，恰恰沉淀了脑海中嘈杂的念头。

接着我们来到“世界水域馆”，馆内最具存在感的应该就属“巨藻森林”，这是全世界最高的展示缸：海藻森林巨藻缸。伫立在将近三层楼高的巨藻面前，除了感受巨大海洋森林的壮阔，也惊叹人类如此渺小。

/ 西北东南走一回 /

离开海生馆大概已经是接近中午了，我们来到恒春老街，准备用双脚品尝古城特有的风味。沿着古城墙遗迹，将四个城门好好地巡礼一回，虽然范围不大，但城门与城门之间却各有不同的风情，这是只有步行才能发现的当地文化。

从阿嘉的家开始沿着送信的老街行走，第一站是西门，城门旁艺品店的招牌犬，脖子上的项圈走的也是文化风。走在北门往东门的城墙边上，一洼积水映着刚下过雨的蔚蓝天空，两旁的社区就像日本偶像剧中的场景，让我们的快门停不下来。而从东门到南门，景象转而为眷村一角，小狗小猫陪着乘凉的阿公与阿婆，一切就像时间忽然静止。南门是恒春最热闹的地方，也是中山路老街的起点，西北东南走一回，看见不同的古城样貌。

/ 预约下一次的旅行 /

旅行总会有终点，最令人感伤的，莫过于离开前的早晨。我习惯在众人

恆春古城魅

醒来前，坐在视野宽阔的庭园里，静静眺望天空，与微风、鸟叫一起迎接日出，这是我旅行必做的一件事，唯有如此宁静的时刻，才是享受自己与自然合而为一的瞬间。

临行前，旅宿主人推荐我们两个私房景点。带着好奇心，爬上光现的屋顶，眼前无障碍的美景瞬间让人忘却脚软。

接着来到后壁湖自然保护区，整片海滩都由珊瑚礁冲积而成，与白沙有着不同的感觉，主人提醒我们千万不要因为可爱就把珊瑚礁带走，这份心才能让沙滩更美。

“恒春太美，三天两夜实在太短。”春末夏初，是观赏萤火虫最好的季节。离光现旅宿不远的后壁湖潮间带，生物多样丰富，最适合夜间探险，只要事先询问，管家都会详细解说并且代为安排。可惜我们来的那天晚上恒春下起罕见的暴雨，我们无缘与萤火虫、潮间带生物相遇。但缺憾总是让生命更圆满，让这趟旅行不只有回忆，更期待延续下去。

陈素芬
CHEN SU FEN

影像工作者。安土重迁的摩羯座，喜欢安静地思考，用照片与文字记录生活，

喜欢安排一个人的小旅行，从旅行中认识台湾也认识自己。

推荐

私房景点与美食

董　娘　的　店

恒春的生活步调悠闲且自在，骑着代步的摩托车，转进巷子里“董娘的店”。朗朗读诗声传出，好客的董娘正专心教两个年轻人用闽南语念墙上的诗句。点菜不必用菜单，董娘自动端出招牌爌肉饭和周日限定肉燥饭，让人无法抗拒地再来一碗。

- 地址：恒春镇恒南路 2 巷 22 号
- 电话：08-8898755
- 营业时间：中午到下午两三点，卖完就收

欧　恋　豆　花　·　绿　豆　馔

南台湾的热情就像太阳一样耀眼，产地直送、当季现采的杧果冰，大块

大块黄澄澄的果肉，一碗冰像座小山丘，浇上香气四溢、精心炒香熬煮的黑糖水，每口都透心凉。老板自夸地说：“我家的杧果冰，不吃你会流泪噢！”

◆ 地址：屏东县恒春镇福德路 80 号

◆ 电话：08-8881107

◆ 营业时间：10:00-21:00

后壁湖海洋自然资源保护示范区

后壁湖海洋自然资源保护示范区只有 150 公顷，但这里的美景却带给人们无穷的希望。经过当地学者与居民的努力，垦丁海域原本已经快要灭种的鱼类又回游了，珊瑚礁生态系也慢慢恢复了原先的景致。这里也成为垦丁浮潜活动的最佳地点。

◆ 地址：后壁湖保育区位于后壁湖出水口通道的东侧海岸

只想离海最近，在天幕下入眠

卡 米 克

追逐阳光、海风与浪潮，
不需要远赴海外。
一处位于台湾南端，与大自然景色合而为一的梦幻度假小屋，
从高雄出发，与海岸线并肩同行，就能抵达这片乐土。

- 地址：屏东县恒春镇大光里大光路 79–68 号
- 电话：0933-586066、08-8867997　房型：2-6 人房
- 价位：$2800-$9800
- 网络服务：无线网络
- 其他：住宿含手作早餐
- 官网：www.kentingcomic.com

文 / 林平惠　摄影 / 叶书豪

只想离海最近，只想在最辽阔的天幕下入眠，于是有了民宿卡米克的诞生。

在这里，你可以随意躺卧在草地上，与艳阳、海风、虫鸣、星光为伍；也可以滑进表面温热、内在透凉的海水，在水波和鱼群的拂弄下释放所有压力。

我们都需要一些时光，透过自然的包覆，真正卸下行囊。

/ 像迎接友人般的亲切招待 /

除了搭乘垦丁快线巴士、客运公车之外，目前从高铁左营站前往屏东的方式，还有自行开车和搭计程车两种方式。对于带着大包小包行李的一家子来说，拥挤的客运不会是优先选择。关于这点，垦丁卡米克有固定合作的计程车行直接送到民宿门口，让来访的旅人更安心、安全、舒适。

由于一路上风景绝佳容易让驾驶分心，又缺少人工路标，如果要开车前往，记得查好地图再上路噢！在这里悠闲度日之余，如果想前往其他景点或是觅食，主人也建议找车行租借自行车、电动机车或汽车，迎着海风就可惬意遨游。

主人以一杯沁心凉的酸梅汤，为这段海洋之旅揭开酸酸甜甜的序幕。

/ 不只收买你的眼，也要温暖你的心 /

一进卡米克大门，就可看到一张从卫武营搬来的大木桌，以及充满香柏香气、采光充足的大厅，还有主人精心挑选的 DVD 与书籍。除了椅子之外的所有家具，全都是男主人亲手改造、制作成的。

生来爱好自然的民宿主人富新和惠利，过去分别在科技行业与公务机关任职，最爱挑淡季请假去环岛，在最冷的时间到最冷的地方露营，永远去最远离人烟的地方流浪，三个孩子也从小跟着他们上山下海。由于孩子长大后

分别发现有视力与阅读障碍等问题，不适合主流教育，这样的困境引导夫妻俩朝着“以孩子为主的”“我们一家人真正想过的”生活方向去变革。于是，他们找到了这块位于屏东半岛后壁湖畔的土地，隔着一片令人心旷神怡的大草地与海洋相望，夜晚与满天的星斗为伴。

为了让建筑能够抵御强劲的东北季风和台风，他们特地在台风来袭前“观测”，在经历了五次台风以及两年的光阴，与建筑师不断讨论、比较不同的建材后，终于完成了这栋呈现S形，使用环保漆、砂岩、大量木材，与自然毫无隔阂地融成一气的民宿。选择这块地的原因无他，就是靠海、够广大、没有邻居，全然的自由奔放。如今这栋民宿不仅是他们最理想的家园，也是外来的旅人刚离开马上就想回来的梦幻秘境。

/ 只满足最基本的需求，就是最幸福的生活方式 /

卡米克最吸引旅人的两大惊喜，是房间配备的硫黄冷热泉泡澡池与美味的养生早餐。

舒畅地入浴后，就着徐徐微风坐在阳台上乘凉、喝茶、聊天、看书、看星星，美好的小假期就该像这样慵懒随性。卡米克的浴池是用鹅卵石打造的，不用担心伤到小朋友细嫩的皮肤。没有光害的夜晚，星空像是反白的泼墨画，星点多到数都数不清！

而度过一个宁静安详的夜晚后，一楼大厅已备妥香气扑鼻、营养丰富的早餐，等候旅人尽情享用主人与朋友自己栽种、制作的食物。民宿主人认为饮食与身心健康是息息相关的，同样花钱，是滋养还是戕害，就取决于一念

之间。无论是手工吐司、果酱、黑豆豆浆还是生菜沙拉，都能尝出自然的鲜甜。

“旅人工房”的女主人美琪（预约电话：0960-334417），带着小帮手兼摄影师骞骞，来到卡米克与我们一家人分享手作创意。用天然珊瑚制成的“印章”蘸上布用颜料后，可让旅人体验创意彩绘，做出独一无二的T恤或环保袋。以陶锅耐心熬煮的海盐纯净又回甘，也可以带回家细细品尝。

沿着民宿版图去放风

肚子填饱了，心休息够了，可以在草原上随兴所至地骑单车、打球、放风筝。此外，只需要二三十分钟的脚程，就可以抵达猫鼻头公园，清晨散步或是黄昏兜风都很适宜，爬个坡就可以看到全台保存最完整的群礁地带。

气候适合的话，还可以在卡米克报名参加潮间带观察活动，在身为海洋志愿者的主人引领下，前所未见的丰富生态总让外来旅人惊呼连连！主人特别贴心提醒，没有开车或租车的旅人，可以通过预约自然导览、浮潜等活动提供的接驳车，前往邻近景点用餐或游览，台湾南部居民就像恒春的日照一样热心温暖！

卡米克附近有几处人迹罕至却十分干净、安全的沙滩，不妨向主人探听看看，你也可以领到这张通往私人海滩的入场券！

林平惠

LIN PING HUI

杂役文字工作者，喜爱一切与旅游相关的事物，不时会只身去流浪的人妻、人母。

最自豪的编辑作品有《这一生，至少当一次傻瓜》《最孤独也最饱满的道路》。

推荐

私房景点与美食

小男孩说
这里最赞！

恒春古城巡礼

恒春半岛不只有海上活动、春呐[1]、垦丁大街，还有引发思古幽情的二级古迹：恒春古城。让对土地充满热爱的专业解说员，带领你走过先民的足迹，并且认识恒春特有的植物与生态。

◆ 东方足迹生态导览解说团队：0986-808529、0927-320708

◆ 网址：travle_guide@yahoo.com

后壁湖潜水

配备有呼吸管、潜水衣、救生背心，以及一群阳光帅气又有耐心的工作人员，不谙水性的旅人也能轻松欣赏海底绝美的珊瑚礁和热带鱼！五岁以上就可以参加，让孩子与海洋第一次亲密接触，一定是永生难忘的体验！

◆ 安可浮潜之家：屏东县恒春镇大光里后壁湖游艇码头 79-32 号

1 春天呐喊，台湾规模最大、历史最悠久的国际音乐艺术文化展演活动。

◆ 电话：08-8866909

◆ 网址：www.anke.idv.tw

白　羊　道　柴　烧　麻　糬

坐在屋龄超过100年的老宅里，品尝超Q弹的手工麻糬及清新冷泡茶。柴火熬煮的红豆馅滋味浓郁迷人，忍不住就一口接一口直落下肚。

◆ 地址：屏东县恒春镇中山路188号

◆ 电话：08-8899992

◆ 营业时间：13:00-18:00，卖完为止

发现
不一样的垦丁

亚维依庄园民宿

对我们来说，
垦丁恒春代表的是年少轻狂的记忆：
三五好友顶着艳阳、冲浪浮潜等，
没想到，第一次一家三口造访，
我们会在此感受到完全不同的风情与乐趣。

- 地址：屏东县恒春镇大埔路 50 号
- 电话：08-8880231、0920299310　房型：2-6 人房
- 价位：$2750-$8000
- 网络服务：无线网络
- 其他：住宿含早餐及农场入园清洁费
- 官网：www.avignon.com.tw

文·摄影 / 柳怡如

/ 在垦丁，遇见南法风情 /

搭高铁到左营站，再驱车继续南下，在台 26 线的一个小路口右转，再拐几个弯，粉红色和浅蓝色的建筑物和一大片鲜绿色的草坪就突然跃进眼里，还来不及适应这缤纷的色彩，一只热情欢迎访客的雪纳瑞犬已迎面而来。

刚放下行李，我们便迫不及待地参观内部。民宿主人曾大哥夫妇深受热情阳光的南法小城“亚维侬”吸引，便将自己一手打造的民宿庄园以此命名。这里有各种不同房型，分为风信子、百合、向日葵等花类，及猫咪、长颈鹿、小瓢虫等动物类，各有设计巧思，各种家饰用品是讲究细节的主人夫妇从法国带回的，配合各种主题精心摆设，从床单、枕头到浴室水龙头，没有一间是一模一样的。而我们入住的小瓢虫房，更是让五岁的女儿一进门就笑个不停，因为从床板、梳妆台到门牌和浴室玻璃，都是手绘风格的大小瓢虫和花儿，好像走进了绘本里的可爱世界。这晚，我们洗去长途车行的一身疲惫，在“瓢虫”的围绕下，伴着虫鸣声，在精油薰香中入眠。

/ 往南往北，动静皆宜 /

亚维侬位于恒春镇北部，往南离猫鼻头不到半小时车程，往北离海洋生物博物馆、车城福安宫和悠客马术度假村等景点都不到十分钟车程。

我们一早吃完民宿提供的乐活健康早餐，先来到老公坚持到访的车城福安宫，他戏称这是全台土地公庙的“总行”，终年信徒络绎不绝。最神奇的是因为它的金炉设有孔洞，金纸放在孔洞前即可自动吸入，看起来就像土地公自己在点钞票一样。

接着到了海生馆，女儿一见到门口的鲸鱼亲水广场，就自动卷起裤管，准备跳进池子里尽情戏水。一进馆内，庞大的白鲸池、海底隧道的魟鱼和五颜六色的鱼群，更是让人惊呼连连，合不拢嘴。一向活泼好动、静不下来的

女儿，也好几次站在透明的巨大玻璃前看得入神，应该也是跟我们一样，被这么壮观的画面震慑住了吧。一直到离开海生馆，那一大片海蓝和鱼儿悠游的身影，好像都还没有从我们的视野中退去。

曾大哥空出时间带我们来到他最推荐的悠客马术度假村，我跟老公全副武装，体验了半个小时的骑马课程，站在比想象中高大的马身旁，说不腿软是骗人的，很难想象自己可以拿着缰绳驾驭这个庞然大物，但真的在教练的帮助下骑上马后，才发现每匹马儿其实都训练有素，且队伍前后都有教练陪同，随时发号施令，提醒马儿专心向前走，所以就连第一次骑马的人也能安心跟上。此时刚下过雨，吹着微风，路边还带着雨珠的野草芳香湿嫩，引得马儿频频靠边吃上一口，这种舒爽的感觉，不只马儿，连马上的人儿都要沉醉了呢。教练说，天气好的时候，不只可以走一个半小时的堤外行程，甚至还可以野外涉溪，骑到海边！连小孩也可以自己驾驶小马拉的马车，绕马场好几圈都舍不得下车呢！

原来，垦丁恒春也能这样玩

以往对垦丁、恒春一带民宿或饭店的印象，无一不是傍海而建，游客只要穿上泳衣、带着冲浪板就可以直奔大海；又或是紧邻垦丁大街，方便游客随时大啖小吃美食。

我问曾大哥，为什么想要在这个不靠海的地方盖民宿呢？他说，除了传承家族的土地外，也想要带着孩子回到自己的故乡，让他们在此健康快乐地成长，更希望提供不一样的旅游行程、规划建议，介绍除了冲浪、逛垦丁大街外，当地更好的玩乐、休闲选择。他精选自己能认同的优质业者，例如观

光半潜艇、吉普车飙山飙溪、后壁湖二合一浮潜、日间潮间带、乌鱼按摩甚至是漆弹对战等，以优惠价介绍给住宿的旅客。

周末住宿的旅客陆续一波波涌进，其中有许多是多次到访的老朋友，甚至是慕名而来的外国旅客。也有以工换宿的旅客来这里逐梦，他们以架设网站、彩绘壁面或整理房务等方式，换得或长或短的食宿，空闲时间就可以四处遨游，尽享南台风光。

我仿佛也在他们的身影和面容中，看见未来的我和家人，短短几天的小旅行，已心生向往，好想定下一年四季的垦丁恒春之约。

你也想尝试不同的垦丁吗？不妨大胆回应南台艳阳的召唤吧！

柳怡如
LIU
YI
RU

方智出版社编辑。

自从当了母亲，从极不爱出门，到每周末必须绞尽脑汁想着去哪里遛小孩，也学着从小孩的观点看世界。

编辑作品有《怦然心动的人生整理魔法》《塑身女皇教你打造完美曲线》《一周腰瘦10公分的神奇骨盘枕》等。

推荐

私房景点与美食

曾大哥说这里最赞！

悠客马术度假村

台湾最美，也是唯一的野外马术骑乘体验场，不只提供骑马体验，更有马术训练和住宿订房、旅游规划等服务，营业十年来已有不少死忠粉丝，甚至有外国旅客不远千里而来。

- 地址：屏东县车城乡统埔村统埔路 23 之 1 号
- 电话：08-8822828
- 营业时间：8:00-22:00
- 网址：www.York-Horse.com

垦丁海世界观光半潜艇

所谓“半潜艇”，就是船分为上下两层，下层在海面以下，可透过玻璃观景窗观赏船外景象。老实说，刚下到船舱时，向外看到灰蒙蒙一片，心就凉了一半，没想到船开出码头、驶进珊瑚保育区后，各色珊瑚美不胜收，让人惊叹不已，也成为此行最大的惊喜。

- 地址：屏东县恒春镇大光里大光路 79-57 号
（后壁湖渔港娱乐渔船码头）
- 电话：08-8866938
- 营业时间：8:00-17:00
- 网址：www.hiworld.com.tw
- 票价：原价 380 元，优惠价 300 元

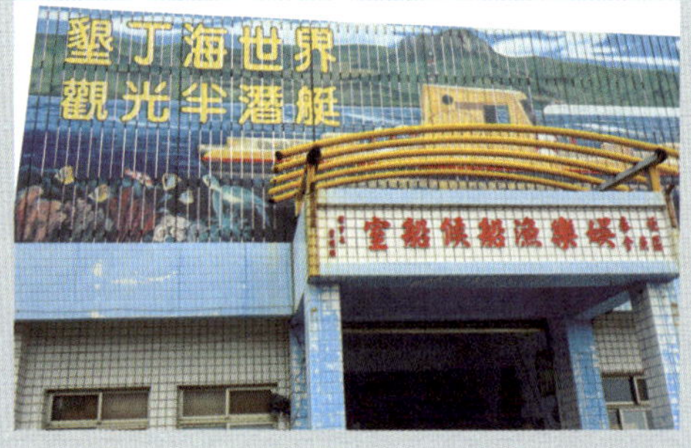

阿　兴　生　鱼　片

曾大哥说，这家是他吃过最诚实无欺、把价目都老老实实列在点菜单里的店家，当然海产的海鲜美味弹牙不在话下，你吃过一盘 100 元的组合生鱼片吗？来这儿就吃得到！

- 地址：屏东县恒春镇后壁湖渔港市场 8、9 号（后壁湖渔港娱乐渔船码头）
- 电话：08-8866627、
08-8866269
- 营业时间：11:00-19:30

恒　春　乡　村　冬　粉　鸭

当地人才知道的古早味[1]鸭肉冬粉，烟熏鸭肉配上QQ的冬粉，清爽不腻。要看准营业时间，可别扑了个空。

[redacted]号

◆ 电话：08-8898824

◆ 营业时间：17:00-2:00AM

1　在闽南语中用来形容古旧的味道。

用生命的热情环抱我们的海与岛

发现号民宿

这年夏天，
南方岛屿特有的热浪和爽朗笑容，
让我们几乎无法自拔地
沉醉在微醺且令人迷醉的热带风情中，
发现梦想和勇气正在南台湾闪闪发光。

- 地址：屏东县林边乡崎峰村裕后路 90 号
- 电话：08-8750300　房型：2-8 人房
- 价位：平日 $1800-$3900、假日 $2400-$5200
- 网络服务：WiFi（仅大厅部分提供使用）
- 其他：住宿含早餐，提供代客订购帆船和快艇体验活动
- 官网：www.baystory.com.tw

文 / 林心涵　摄影 / 蔡易伶、蔡曼莉

/ 拿下耳机，倾听海对你灿笑的声音 /

拿下自台北一路哼哼哈哈唱到南台湾的耳机，沉静的空气席卷而来，少了垦丁商贩的吆喝和比基尼女郎的火辣调色，大鹏湾的色彩干净、纯粹，没有出游的亢奋，却有更多不知踏进哪家后院的宁静感。大鹏湾平静无波的水面上漾满点点波光，而当我们搭着民宿主人阿布拉大哥的车，穿过小径看见船桅竟在大街上闪闪发光时，更是为这栋民宿特殊的船型设计感到惊诧不已。原来，陆上行舟早已不是天方夜谭！

大鹏湾“国家”风景区设有完备的自行车道，在崎峰活动中心租了脚踏车后，带着一个只能直线前进、无法熟练转弯的自行车“嫩手”，我们大胆上路，不用与车争道的自在，让我们恣意地东张西望、一心好多用，贪婪地享受辽阔天地间仅你我共游的奢侈。骑累了，在港口旁的饮料摊坐下，慵懒地看船只入港、出港，日头西下，真是一大享受。

更享受的还在后头呢！大鹏湾是三面陆地环绕的潟湖，少有风浪，正适合我们这种旱鸭子体验帆船活动。年轻的教练戴着墨镜，满身率性地掌舵，追着风在海面上优雅地前进。卸下最初的恐惧后，我们纷纷将鞋袜脱掉，将两脚垂在船身两侧，让海水轻柔滑过双脚，一时间不禁幻想，少年 Pi 迷途的

时候，是否也曾有片刻享受此时此刻的宁静和惬意？

/ 和变形金刚共进晚餐？！当地人也疯狂的好滋味 /

带着一个下午晒回来的黝黑皮肤，稍作休息后我们又直奔今晚用餐的地点。夜晚的大鹏湾，在跨海大桥路灯的衬托下，更显得动人，海面透着深邃的黑光，倒映着大桥体态优雅的曲线，如美人卧倒在镜面上，令人舍不得惊扰。我们选定的餐厅就位于跨海大桥的下方，但我们很快发现大人小孩的焦点都在草坪的另一端——在专属的强烈灯光照射下，居然有三尺高的变形金刚立在庭院中！

这间名叫“变形特区”的餐厅，以蔬食料理打响名声，已是大鹏湾上颇具知名度的餐厅，搭配着灯光布景，它静悄悄地隐身桥下，成为大鹏湾跨海大桥夜景的一部分。在这安静的乡镇，逐日的作息让城镇的夜晚少有喧嚣，然而，在这里不仅备有冷气的餐厅室内，就连湿热的室外座位都有不少贪看夜色的旅人驻足。一间餐厅能够吸引人，料理是最不能忽视的环节。我们一致认为，这间餐厅绝对值得素食者和荤食者一同尝鲜！麻辣锅清澈的汤头背后，竟是呛辣十足的浓郁滋味，吃得我们大呼小叫，却逗得店长哈哈大笑；而焗烤意大利面浓稠的酱汁拌着面条，滑溜入口，绵密的香气立刻蹿入鼻腔，现在想起来还是令人口水直流！

/ 有勇气追梦，你也可以是星空下最闪亮的一颗星 /

惊人的是，端出这一道道美味料理的店长，原本的身份竟是南科工程师，

WELCOME
ABOARD

屏東大鵬灣發現號船票
屏東大鵬灣發現號船票
Discovery 發現號

變形特區
O.B.ZONE

以神农氏尝百草的精神，四处试吃，研发新菜色，才终于成功打动吃惯荤食的纯朴乡民。其实，店长和阿布拉大哥是一对感情极佳的堂兄弟，最先决定在澎湖开民宿（就是大名鼎鼎的澎湖秘境民宿啦），但为家乡尽一份力的心情一直鼓动着他们，于是，以船为造型的发现号民宿就这样坐落在纯朴的乡间。或许对外人而言，大鹏湾不如垦丁、白沙湾热闹，无疑是有投资风险的，但对他们兄弟俩而言，这是美梦成真，也是梦想的起点。看着店长娓娓叙说故事时的神采，身心都被疗愈的幸福感，让这顿晚餐“物、超、所、值”！

/ 跳海吧！
也让海洋一如母亲拥抱你 /

从东港大鹏湾前往小琉球，仅需二十分钟左右的船行即可抵达。我们这群旱鸭子，来到小琉球第一指名的事就是体验潜水活动！下了交通船后往小

琉球码头走，找到潜水教练后，我们就一同骑车穿过岛屿上最热闹的市街小巷，潜水去喽！

为什么不到最热门的花瓶岩海域潜水，却到公路旁的一个小沙滩来呢？原来，花瓶岩的海域因游客踏浪，扬起海床的沙砾，能见度较低，这片海域虽然得骑车才能抵达，却清澈见底，生态资源也较丰富，是更适合潜水的私房地点噢！不过，大家千万要记得在“头顶”部位进行防晒，以免和我们一样，结束旅程后却仿佛当了好几天的河童，整个头顶都火辣辣的呀！

小琉球的海，有带着威尼斯风情的沙滩，也有激起滔天海花的礁岩，更有大学生特地穿上毕业服，在碧海蓝天间，留下属于他们的青春印记！若有机会来到南台湾，就来趟大鹏湾加小琉球之旅吧！享受一下被海洋温暖环抱的感觉，保证让你重新找回孩提时的心境和笑颜！

林心涵
LIN
XIN
HAN

台中人，没有台中腔，却常常被误认成对岸来的朋友。有点迷糊，有点天然呆。

很喜欢文字，却不一定喜欢读书；很喜欢热血的事物，却不一定有勇气尝试。希望就从今天起，向喜欢的自己迈进！

推荐

私房景点与美食

阳光男孩说这里最赞！

威　尼　斯　海　滩

威尼斯海滩，又名蛤板湾，我们本来并没有计划要前往这个看来非常普通且海腥味十足的景点，直到我们在小琉球环岛公路上，发现前方的机车到了岔路口几乎都不约而同地急转弯，基于好奇我们也跟着扭转行进方向；这一转，还真值得！细白的沙岸，佐上整片由浅蓝、深蓝到青绿的海面，几朵蓬软的白云点缀着，真是美极了！原来这里是摄影爱好者的拍摄圣地，真是赚到了！

花　瓶　岩

小琉球绝不可错过的指标性景点！顾名思义，花瓶岩就是因为海水侵蚀形成上粗下细、类似花瓶的特殊造型而得名，当我们来到近在港边的花瓶岩海岸时，却仿佛看到超大朵的西兰花绿油油地开在清澈见底的水盆上呢！这么百变的地形样貌，也只有小琉球做得到！

◆ 地址：屏东县琉球乡本福村中山路 217 号

◆ 开放时间：全天

小　琉　球　的　信　仰　中　心
——碧　云　寺

小琉球居民多讨海为生，加上教育资源不足，因此，为了祈求讨海人以及海外的游子们能够平安归来，庇佑海上人家的观音娘娘就成了当地最重要的信仰，前往碧云寺和观音娘娘说说话，是最能抚慰岛上居民的心灵良方。碧云寺历史悠久，经过改建后，有日照空间，宛如观音娘娘的恩惠由天上温暖落下，令人心境平和！

◆ 地址：屏东县琉球乡大福村和平路 61 号

◆ 电话：08-8613023

◆ 服务时间：06:00-21:00

小 琉 球 花 妈 剉 冰

嘿嘿！别小看这家看起来不起眼的冰店噢，虽然位于巷弄内，却是小琉球当地人一吃再吃、游客络绎不绝的知名小吃噢！怀旧味十足的糖汁淋在大块冰块现刨的剉冰上，配上新鲜的水果，大口咬下，最是享受！

◆ 地址：屏东县琉球乡中山路 213 号

◆ 电话：08-8613023

◆ 营业时间：平日 10:00-23:00、假日 11:00-24:00

回到，
另一个故乡

茴香恋恋温泉会馆

我常回想起那日的阳光与笑声，
说也奇怪，故乡并不在那儿，
但短短的旅程竟让我时时念起那短暂的时光，
一如眷恋起故乡，
或许这正是茴香恋恋带给旅人如回乡般的自在感受吧。

- 地址：屏东县牡丹乡石门村大梅路 1–16 号（四重溪）
- 电话：08–8824900　房型：2–6 人房
- 价位：定价 \$3600–\$16800　网络服务：无线网络
- 其他：住宿含中西式自助早餐，另附 SPA 泡汤券（需着泳衣泳帽）或裸汤泡汤券
- 官网：www.fennel.com.tw

文 / 吴静怡　摄影 / 陈正斌

笑声，幸福的印记

一踏入茴香，跃入耳边的便是欢笑。不至于喧闹，但你仿佛可以从那些细语与笑声中拼凑出人们嘴角上扬的幅度。这里的旅人可以是甜蜜的情侣，也可以是一家老小。当然，即便是单身背包客，疗愈的温泉照样能洗涤疲惫的身心。很少有民宿可以这样兼容并蓄，温暖地满足每个客群。

随着笑声与水声，我们不知不觉被牵引到一片辽阔池区，这里的温泉来自台湾四大泉之一的四重溪，属于碱性碳酸氢钠泉。人说仁者乐山、智者乐水，在茴香恋恋你大可不必苦于抉择。设计精巧的水疗柱与气泡床放松了久居城市的僵硬与紧绷，各种不同温度与泉质的池区让你在水中洗去一身烦忧。你也可以在露天景观裸汤里体验日式风情，或带着孩子在儿童戏水池里疯狂水战。但不管在哪个角落，青翠的秀丽山峦总环抱着四周，应和着湛蓝池水，美不胜收。

跟着孩子走总能找到趣味，忙着在各个池里体验温泉时，孩子惊呼："妈妈，那个池子里有鱼耶，我要去跟它们玩。"原本以为只是个景观鱼池，没想到竟是温泉鱼，门口迎宾的温泉亲亲鱼欢迎你用手跟它们打招呼，为欢乐旅程展开序幕。温泉区的亲亲鱼则是邀请你把脚放入泉里与它们共游，感受一下被鱼嘴亲吻的微妙触感，轻微的挠痒逗得孩子们咯咯作笑。在这里，真是处处有欢笑。

源自爱情的美丽所在

茴香恋恋其实有个关于爱情的故事，一段属于客家男子与四重溪排湾女子的深刻爱恋。他们共同在台北打拼了三十年后，男子决定陪着女子回乡圆梦，亲手打造属于他们的新故乡，也成为旅人们的另一个家。白色地中海建筑和希腊庭园景观巧妙融合，就像温泉氤氲与满园茴香交织成独特气息，处处可

见用心。

走进 villa 区，恍若走进异国，纯白独栋建筑召唤着我们，忍不住一探究竟。通往雕花门扉的小径草木扶疏，白日里日光晃晃，夜里灯光摇曳。铸铁扶梯带领着我们走进别出心裁的圆形别室，水晶吊灯照耀着的一景一物都是令人印象深刻的精选物件，来自峇里岛的家具与木雕装点着台湾南部风情，马赛克砖铺，圆形浴缸底是管家用粉红色浴盐排出的心形。在这里，你将很难压抑由衷的惊呼与赞叹。难怪主人告诉我们，常有男士订了 villa 准备一场浪漫的求婚。哎呀，在这样的美景下，有哪个女孩拒绝得了呢？这个源自于爱情的地方，将来也会延续着更多佳话吧。

吸引目光的不只有建筑，每个角落都能窥见巧思。大厅墙上的本地居民男女木雕衬着手绘花蔓，呼应爱情。另一面外墙则停驻着七只蜻蜓浮雕，栩栩如生。房里浴缸墙边浮雕着白色地中海建筑，让人沐浴时也别有风情。大树下有一座木造游乐设施，戏过水的孩子还能在这儿继续消耗精力。这里的

细节不藏魔鬼，藏着用心。我们就在时时都有惊喜发现中度过了午后时光。我开始懂得有一种旅行能让你如回家般自在，因为每个人都能找到属于自己的惊喜角落。

/ 来一场复合式美食飨宴 /

美食之于旅行，对我来说像是汤里的香料。好的材料的确可以熬出一锅好汤，但没有香料提鲜，终究还是觉得少了些什么。美食就是这样，没有美食的旅程当然也可以尽兴，但如果有幸遇见美食，那往往会成为旅途中的亮点，串起整个回忆。

茴香恋恋的女主人来自排湾族，所以这里的本地居民风味餐相当地道。以金橘及香草点缀的小米酒有着意想不到的美味，一下子唤醒了味蕾。芋头

奇拿福则是将鱼与肉包裹于芋头及米团中，是本地居民出门打猎补充体力又方便快速的主食。腌烤的山猪肉嚼劲十足，是本地居民餐食中最具代表性的一道。

如同建筑融合着各地风情，这里的餐食也融合着各种元素，异国料理与香草入菜的特色餐点加上本地居民料理，选择多样丰富，让每个人都能找到满足自己味蕾的餐食。不拘泥于何种风格，就像回家般，任性地选择自己钟爱的味道。

早餐虽是平凡的清粥小菜，仍旧处处显露用心。温泉馒头里包藏着各式馅料，让人如拆礼物般忍不住试过一种又试另一种。温泉蔬菜清甜爽口，炒米粉火候足、滋味香，温泉豆浆格外香醇，在明亮宽阔的餐厅里，这些平凡滋味能带来一天满满的活力。

收拾起行囊，终究要回家。孩子们还在门口的小水瓮边看着盛开的荷花，追着飞舞的蝴蝶，依依不舍。何止孩子，我和先生也想着有天要来体验求婚villa的浪漫，看能否重拾恋爱时的风情。茴香恋恋，我想我们很快会再回来的。

吴静怡
WU
JING
YI

文字是种疗愈，阅读与书写都是。围绕着文字工作了11年，未来也将持续着。

有幸参与了这些书籍的诞生：《看得远的，就是好母亲》《最孤独也最饱满的道路》《BabyHome育儿宝典》。

它们在打动读者前，早先感动了我。

推荐

私房景点与美食

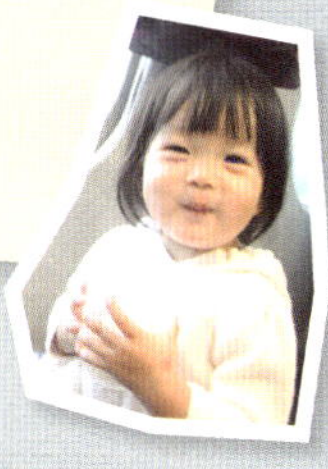

爸爸妈妈带我去玩！

“国立”海洋生物馆

海生馆相信是许多人拜访南台湾必排的行程之一，若气候许可，除了看鱼外，别忘了帮孩子多准备一套换洗衣物，入口的鲸鱼广场绝对会让孩子念念不忘。那里有三只以等比例制作的鲸鱼，生动的模样惟妙惟肖，仿如跃出海面。清澈的浅水池是孩子们戏水的最佳场所，就让孩子来场与鲸鱼的近距离接触吧。

另外海生馆也提供夜宿服务，是深度认识海洋生物的另一项好选择。

◆ 地址：屏东县车城乡后湾村后湾路 2 号

◆ 电话：08-8825678

◆ 营业时间：依月份及平、假日略有不同

◆ 官网：www.nmmba.gov.tw/index.aspx

四　重　溪　公　共　浴　池

每到下午，总会看到四重溪的居民带着盥洗用具，来到四重溪公共浴池洗澡兼泡汤，男女分开的裸汤，免费享受水质干净的温泉，泡汤出来坐在绿荫下放松，旁边还有迷你的车城国可以散步，是非常地道的四重溪体验路线。

◆ 地址：屏东县车城乡温泉村文化路上（近清泉日式温泉馆）

◆ 清洗时间：周一到周五 8:00-10:00

◆ 怎么去：从温泉老街往清泉日式温泉馆左转，

于温泉馆前小巷子再左转，即可抵达。

黄　家　绿　豆　蒜

来到车城，不得不介绍一下大名鼎鼎的绿豆蒜。它可不是蒜头噢，这是因为绿豆去壳熬煮后的模样很像剁碎后的蒜头，因而得名。是恒春颇具代表性的地方小吃，有机会不妨安排到全台最大的土地公庙福安宫祈福，顺便尝尝这个地道美味。

- 地址：屏东县车城乡福安路 3-36 号
- 电话：08-8821214
- 营业时间：9:30-16:00

小旅行路线建议及玩法

秘境之旅，远离人群，发现南台湾的美！

第一天

▶ 出发！抵达高雄。转乘直达东港的客运或林边的火车。

▶ 入住位于大鹏湾国家风景区的船型民宿：发现号。

▶ 跨上铁马或机车，来段阳光海风吹拂、慵懒放松的大鹏湾国家公园之旅吧。跨海大桥、潟湖、渔村，尽收眼底。20 年前垦丁才有的宁静海岸，在这里还保存着！

▶ 再来个大鹏湾风帆船小小冒险吧！平静无浪的内湾潟湖，再适合旱鸭子和初学者不过了。

▶ 夕阳西下，在跨海大桥边的变形特区餐厅，点份轻食和饮料，和着海风，享受远离人潮的假期。

▶ 夜晚，东港小吃巡礼。炭火烤热馒头淋炼乳与浓浓的冰豆浆真是绝配啊！

第二天

▶ 清晨，走上小渔村海堤散步，顺便眺望今天要前往的小琉球。

▶ 用过早餐，在华侨市场码头上船，来个小琉球一日游！

▶ 先跟着潜水教练体验这个东北季风吹不到的小琉球海底生态，再自行骑车慢慢逛这个高低起伏不小的海岛，花瓶岩、花妈剉冰、手工麻花卷店等，这些有“花”的都是名气最大的必逛景点。

▶ 回台湾本岛，继续往南，前往恒春半岛秘境！

▶ 大约一个半小时的车程，火红的夕阳到了枋山车城一带，会浪漫到让你想游向大海或像《海角七号》一样在海边办个 Solo 演唱会。

▶ 今晚，选择没有海景，避开垦丁大街人潮的民宿入住，继续享受悠闲自在的海岛假期。

▶ 晚餐在恒春古城，吃著名的乡村冬粉鸭。

▶ 这一夜，没有海声，只有庄园会馆内的虫鸣。

第　三　天

▶ 早晨，恒春半岛的阳光洒在绿意盎然的草皮上。

▶ 前往车城四重溪的悠客马场，温驯听话的马儿带着你优哉地在溪边、林间漫步！

▶ 随后，到四重溪温泉区的茴香恋恋温泉会馆，体验无色无味的“太子汤”碳酸泉。

▶ 午餐，在会馆内享用排湾族与客家有香草融合的精致风味美馔，畅饮温泉会馆贴心为泡完汤的客人准备的暖身用的热饮。

▶ 餐后，前往“国立”海洋生物博物馆，让这次行程在“珊瑚国王”“海底隧道”“巨藻森林”的海洋生态惊奇中画下句点！

少年 X 的恒春半岛漂流，与海最近的距离！

第　一　天

▶ 出发！拿出买好的高铁 + 垦丁快线联票（必败！低于七五折的价钱太划算），半天不到就能脱离亚热带，进入几近热带的恒春半岛。

▶ 垦丁快线下车，先到恒春南门外董娘的店，尝尝南台湾才有的特色料理：洋葱沙拉、凤梨沙拉、综合烧冷冰，搭配卤肉饭。

▶ 午后入住民宿。小憩之后，整装前往民宿主人推荐的适合浮潜戏水的海边。避开热门海滩如南湾、大湾的人潮，还有许多选择，香蕉湾、后壁湖都是很好的入门浮潜体验地点及渔港。

▶ 上岸后非常容易就近吃到后壁湖阿兴生鱼片、香蕉湾鲜鱼汤之类的渔港料理晚餐。

第　二　天

▶ 今天，规划好游程，当一个超级背包客！

▶ 拿出高铁联票内的垦丁街车一日券，穿梭在恒春半岛的风景区内！蓝线适合从两端恒春站或垦丁大街站出发，游白沙、猫鼻头、后壁湖；橘线则以南至鹅銮鼻公园、北达“国立”海生馆为目标。

▶ 中途累了，垦丁大街的麦当劳、恒春转运站附近的家咖喱、车城黄家绿豆蒜等，都是民宿主人推荐休息以便再出发的好地方！

▶ 夜晚，回到民宿，倚着阳台吹海风，看星星陶然入梦乡。

第　三　天

▶ 在海风吹拂中慵懒不舍地起身。今天，不玩海，我们进恒春城去！

▶ 沿着古城墙遗迹，阿嘉的家、送信的老街、城门外抢孤的立柱、西门旁百年古厝里的柴烧麻糬，西北东南走一回，尽是不同的古城样貌。

▶ 旅行总会有终点，怀念海的味道，就预约下一次的旅行吧！

花东是台湾最后的一片净土！这里依山傍水，依的是中央山脉，傍的是太平洋，正是地表上最大陆块与最广袤海洋的交会之处，有着大山大水的美景，或壁立千仞的太鲁阁峡谷，或温柔可亲的几崎沙滩，或物产丰饶的成功渔港，或无敌海景的多良车站，山高水阔，壮丽美景无限。

在此大山大水之间，还有绵延百里的花东纵谷平原，令人赞叹的流淌奶与蜜之地，初鹿牧场、池上稻田、玉里步道、富源森林、邦查湿地、丰田花园、吉安农地，田园景观，旖旎风光无限。来这里，跳脱大楼林立的心灵捆绑，享受自在轻松的海阔天空，小旅行，大视野，幸福无疑。

而，地灵则人杰。

台湾最美的风景是人！台湾人很可爱，在花东地区，更是如此，多元的民族，带着丰富的文化，除了河洛人、客家人、新旧移民，花东还有着最多样的台湾少数民族、最缤纷的人文色彩，泰雅族、太鲁阁族、布农族、排湾族、鲁凯族、撒奇莱雅族、噶玛兰族、阿美族、卑南族、布农族、雅美族，这么丰富，一口气都念不完。于是在花东旅行，便能有着这样的机遇，很轻易地认识不同的朋友，他们有着不同的观点、不同的生活智慧。

住民宿，则最能体验当地温暖的人情味，最能看到台湾最美的风景。

用心经营的民宿主人，不仅提供好的住宿环境，往往都对邻近的“旅游好康[1]”如数家珍，好玩的、好吃的、好用的，问问民宿主人，便能在你到的此时此刻，按着节气，熟门熟路，得到完美的安排解答，同时一定还能得到隐藏版的惊喜。

一个小旅行，的确能有大满足。走，跟着我们的脚步，前去花东，探索幸福。

1　闽南语，泛指好事，有优惠，或有小便宜可占。

PART

3

亲近自然 / 东部

回　音　谷

让人脱离原本的水泥丛林，进入到真正的森林，
找回人在生活中最简单的需求，回归最朴实的需要。
旅行也是一种整理自己、认识自己的过程。

- 地址：花莲市国福街 289 巷 168 弄 21 号（近慈济园区）
- 电话：0938-803979、0955-693683
- 房型：2-4 人房
- 价位：$1800-$6300
- 其他：住宿含早餐，免费提供自行车、古董车至花莲车站免费接送，提供旅游行程代订服务
- 官网：echovilla.com

陈　敏　佳

在旅行中放空时，开始与自己的对话

临时起意的小小旅程中，本来要在花莲盐寮的海边露营，或许花莲的天气总是风雨欲来，这天下午天色早早变暗，天上和海边都不平静，本想拿出男子汉精神挑战大自然，到海边的公路，即被岸边的大浪和迎面袭来的强大雨柱吓到，肯定帐篷还没搭好，所有装备都泡水，又湿又冷，在砾石岸过夜绝非英勇的行为，于是我和同事决定找个可遮风避雨的民宿待下来。

玻璃屋的巧妙设计，与大自然零距离

我们来到花莲市周边靠山的"回音谷"民宿，接待我们的阿呈殷勤又热情，感觉很阳光。趁着其他房客还没入住的时候，他带我们快速地参观几个房间，这里最有特色的地方就是大面积的透明玻璃，每个房间对外都有落地大窗，几个房间有正上方的透明天窗，户外的星空或是雨滴都跟室内零距离，就像住在大自然里。

我觉得这里超适合情侣或夫妻来度假，我和同事来住很浪费，隔天退房的时候，果然看见其他房客都是成双成对。

经常露营的我住在这玻璃屋里感觉很特别，透过玻璃这个建材，轻易地把大自然邀请到自己的房间，可以看到风雨、夜色，听到小动物的鸣叫，天气好的时候可以抬头看星星，或许还有月亮。阿呈说，萤火虫的季节，从落地窗看出去就可以看到点点移动的星光。

更厉害的，亲近自然的同时，可以享受热水澡、看 HBO[1]、在干净的大床上滚来滚去。露营的话，可要失去许多文明的方便。

住在都市的人，长久与自然失去接触，长期走在柏油路、红砖道上，住在封闭拥挤的楼房里，触目所及都是人造物，看得最久的东西可能是液晶荧幕，大部分时间都在有空调的环境里。

我猜想人对于大自然还是怀有一份与生俱来的情感的，因此回音谷森林民宿这样的设计，吸引了好多城市人来体验。我们投宿的这天，其他房客来自上海，还有新加坡，都是相对于台湾更为都市化的地方，他们千里迢迢来花莲，就是要体验这里的森林。花莲离我们这么近，想到这儿，真庆幸我住在有山有水有海有百岳的宝岛台湾！

1 即 Home Box Office，美国有线电视频道。

/ 对着森林、向着天空，穿透视野 /

民宿的玻璃外墙设计倾斜15度，呼应附近山坡的植物，难怪有一种说不上来的和谐感。

有的房间视野非常好，对着森林、向着天空，都有穿透的视野，这种是最抢手的房型，喜欢的话一定要提前预约。

阿呈说视野好的房间供不应求，几乎都被国外的客人订满，他们已有筹备二馆的打算。即使没有天窗，大面的落地窗仍然令人心旷神怡。而且晚上入住之后，就会想要雨下大一点，反正看星星已经无望，听着大雨稀里哗啦地仿佛落在身边也是一种享受。

回音谷是个适合闭关放松的地方，房子里有许多角落可以安安静静地放空、阅读、听音乐。我印象中最大的音量，是晚上的蛙鸣、早上的鸟叫。

早餐由阿呈的妈妈亲自准备，都是当地当季的食材，好吃又营养。早餐的奶茶喝起来香甜顺口，溢满浓厚的茶香与奶香。餐后顺口问阿呈用什么牌子的奶茶粉冲泡，才知道是阿呈的妈妈用花莲当地的茶叶和牛奶冲煮的，真是失敬，可见得民宿对客人的用心。

/ 主人就是芳邻，就像地陪一样 /

我和同事平常都没时间看有线电视，难得住在民宿里拼命地看。有个日本节目介绍一位日本大叔移民非洲某国，在当地卖牛丼[1]来筹钱建孤儿院，这么社会性的议题，这个日本节目做得好有趣，讲到正题之前都在介绍大叔在

1　即GYUDON，日式牛肉盖饭。

非洲当地的生活，自己钓鱼、料理，娱乐性不输台湾的综艺节目。我看得津津有味，仔细回想他们的企划细节，也感叹这种节目不可能出现在台湾的电视台。

民宿主人一家就住在隔壁，很像邻居、地陪，有事电话联络，可以马上处理，这种做法也蛮有趣。阿呈一家都喜欢老车，拥有一辆大家都知道的旧款德国国民车金龟车，这款车最厉害的地方是它持续生产的六七十年，设计几乎没改过。

每次看到经典老车都会愤青症头发作，有很多曾经很经典的设计，厂商或许为了刺激销售量而改款，可惜为了改变而做的新设计未必能超越原来的水准。比如夏天常用的电风扇，很多牌子都很便宜，造型也不差，不过寿命或零件的耐用性都不好，坏一个小地方就要丢掉，厂商根本没打算维修。

我觉得这样的制造业逻辑很糟糕，鼓励人们不断消费最新的东西，坏了再买新的，不要念旧、不要修了。资讯产品发展速度太快，可能还符合这个逻辑，但是生活用品、交通工具、衣服、家具，我比较想走“量少、质精、耐用”这种路线。

回到生活中最简单的需求

好几年前去逛某个北欧的知名卖场，看到没有包装、落地陈列、色彩缤纷的好大一篮塑料手电筒，一支才八元！想到以前曾经买过便宜但是不耐用的手电筒，后来一支都没买。我倒是有一支在土耳其小五金行买的全金属手电筒，简单朴拙，只要灯泡不停产，可能够用一辈子。

企业追求成长无可厚非，太过精明的算计迫使消费者要不停地购买更新的商品，企业赚到什么？人们得到什么，又失去什么呢？

开车到回音谷的最后一个弯道，我远远看见阿呈的金龟车就笑了起来，因为我可能多认识了一个资源、物质、消费观接近的朋友。其实很多骑野狼老爷机车的阿伯，我都觉得我与他们的理念是接近的。

回音谷如果不是民宿，或许会让人好奇，但若它是民宿，就必定会让人产生期待。生活在都市的我们需要多少空间才能体会宽阔跟自由？要多少采光才能感受明亮和透彻？要开多少扇窗户才能呼吸屋外的新鲜空气？

城市里的物质欲望，夸张的昂贵消费，空间的狭窄拥挤，每天起床面对液晶屏幕的生活，什么时候会回归到人最简单又最精致的需要？来到回音谷森林的小旅行，让人脱离原本的水泥丛林，进入到真正的森林，也找回人在生活中最简单的物质需求，回归到最朴实的需要。

大自然会透过它的方式，在小旅行中放空的时候，也许我们就这样不经意地跟它开始了内心的对话，很多在水泥丛林里被紧张生活挤压到脑袋边缘的想法，就这样一个一个浮现在脑中，旅行也是一种整理自己、认识自己的过程。

陈敏佳
CHEN MIN JIA

摄影师，视丘摄影艺术学院讲师，著有《屋顶上》。

近年来常在岛内四处探索，比如高山露营、台61线走透透[1]、台七甲高山公路漫游。

1 闽南语，意为走遍，摸熟了。

两　点　一　线

比起单纯享受花东山水，更能贴近人与人的交流，
临时起意的小旅行往往带来超乎预期的惊喜。
旅途中的目的地不一定真是目的，过程才是重点。

- 地址：花莲市林森路 328-2 号
- 电话：03-8333366、0927-010250
- 房型：2-6 人房
- 价位：$1900-$3800
- 网络：宽带上网
- 其他：住宿含早餐，免费提供自行车、自助式咖啡机
- 官网：www.2click.com.tw

陈　敏　佳

低调舒服
自在的朴实风

临时起意的小旅行，应该是一种说走就走的畅快。

这次离开台北的目的地是花莲，每次规划时心里都有苏花公路的阴影，那是一条风景极为优美的公路，但因为没有适当的交通管制与协调，路上随时都有沙石大卡车，可能是空车状态的疯狂飙速，或是满载沙石的龟速爬坡，后面塞满无法超前的车队。

与大车同行还不打紧，苏花公路永远会有熟门熟路的当地驾驶者，冒着生命危险在弯道跨双黄线超车，高速逆向往我的车道冲来，我随时都要做好防御转向的准备。这种步步危机的开车方式压力很大，规划往花东的交通方式时，就是在美景与危险驾驶之间天人交战。

旅行这事，只要出发了就有意思

关于苏花公路的自驾旅行，我后来跟朋友学到诀窍，让我在天人交战之际，比较快地做出决定。

一、跟着大车走。它快就跟着快，慢就跟着慢，奋力地超越它，三分钟之后通常又会遇到另外一辆大车塞在前面，不如就心平气和地听音乐看风景，跟着一串车流随之前进。前面有路队长开路，如果真有莽撞的车从对面冲来，自己也比较安全。

二、按时停车休息。我现在知道南澳的传教士冰店、清水断崖、新城的佳兴柠檬汁，都是停留的好去处，吃个东西，散步几分钟，都可以让心情不受恶劣的交通环境影响。

几次心平气和的苏花公路自驾经验之后，比起以前的怒气冲冲、心惊胆战，我开始对东澳的海湾有印象，也会想着南澳沙韵之钟的故事。美丽的海湾、还不知道名称的出海口，都是以后想去野营的地点。如果之后丽娜轮开放交通工具上船，我想骑着打挡老爷车搭船到花莲，再从花莲沿着海岸，花个几天时间慢慢骑回台北。

我觉得旅行这事，只要出发了就有意思，地理上的目的不一定真的是目的，过程才是重点。

桃花源一般的幽静庇护所

晚上大约七点半才到花莲市区，住的是洪先生经营的“两点一线”民宿，位于林森路的堤防边，看起来是一户整理得很清爽的民宅。洪先生简单交代过基本设施之后便离开，这民宿是他们以前的家，现在已不住这儿。

入夜之后才到民宿，外面都“暗摸摸”，我拿到“卡片”，看到房间的门，心情就好了起来，因为感应卡开关、高级厚实的房门感觉很尊重客人的隐私，我们带着摄影器材和电脑入住，很希望出门吃饭的时候不用担心行李的安全问题。

我经常在台湾某地的路上临时找住宿，汽车旅馆、民宿、商务饭店都有，工作中的住宿，最需要好好休息，干净整洁、安全、安静、价位平实最好，太有特色或是主人过于热情的招呼，在商务旅行中反而是个负担。

我在台南遇过伪装得很好的汽车旅馆，明明外观朴实低调，名称也很正常，完全不见霓虹灯、粉红色等的暗示，进到房间才赫然发现特殊的设备，只能莞尔一笑，爱情旅馆也进化了。

“两点一线”如果是我在旅程中偶然遇到的民宿，绝对让我感激涕零。干净整洁、安全、安静、价位平实，加上主人殷勤的招呼，在经过需要保持紧张的苏花公路驾驶后，像是进入桃花源一般的幽静庇护所。

庭院不大，但看得出主人的细心照顾，池塘里的鱼虾是由主人亲自放养的。晚上虽然无法看到美仑溪和美仑山的景色，但若有闲情逸致，到美仑溪的步道散散步，听说夏天的时候运气好还能看见萤火虫，也不失小旅行中让人享受花莲自然气息的好行程。如果是白天的话，从民宿二楼就可以眺望美仑溪和美仑山的美景，透过花莲的山和水，软化自己在都市生活中已经僵化的脑细胞，像这样旅行也可以很疗愈。

不具异国风情，却低调舒服而自在

经营者洪大哥有着职业军人的外表，咬字准确、声音洪亮、姿态挺拔，没想到他是不折不扣的正派生意人，名片上显示他是2003年花莲国际青年商会会长，民宿是他近几年的新事业。我很好奇这个朴实的民宿，没有常见的高档设计家具、丰盛早餐、模拟某种异国风情，主人把力气放在扎实的装潢材料方面，细心地维持，浴室非常干净，床单被套有股阳光晒过的味道，很舒服。我以为这么新的民宿应该开幕不久，原来已经五六年了。

外出吃早餐再回来停车的时候，瞄到洪大哥刚停好的白色BMW房车，据我之前的简单研究，那是BMW五系列很经典的车款（洪大哥另一辆车也是宾士E系列经典款），我不禁对这个很像军人的生意人起了好奇心，为什

么花莲有个洪先生在市区经营一个低调舒服的民宿，开着一尘不染的双 B 经典老车，亲手打理房间，悠闲地梳理花草，按时喂鱼，把力气和资源放在自在的生活上？仿佛同是住客，不去找他，他也不会主动跑来“献宝”（推销理念、推荐景点）。

临时起意的小旅行，超乎预期的惊喜

我还蛮怕标语式的民宿，教客人“敞开心灵、抛开凡尘、享受大自然……”，洪大哥的低调经营方式让我好奇地想跟他聊聊，了解他在主力事业之外还经营民宿的想法，也想知道他自己在花莲怎么玩，他说他们没有无敌海景，也没有高级装潢，只希望每个客人可以在这里彻底放松。我们甚至还聊到有机农业的定义、关于 CSA（社区支持型农业）在花莲的情况。

洪大哥认为来花莲就不要刻意安排行程，民宿有单车，或是可租机车、汽车，自己东南西北地随意乱晃。该是关掉导航、禁用 Google，随意外出旅行了！没有在谈话中附和他的想法，因为我想赶快出门，都下午两点了还在

跟他聊天。

除了工作赶时间，我喜欢像这样有过程的移动，很方便的西部高铁、东部火车，在我自己安排的旅程里都不会出现。在旅行移动中因为时间允许，在海滨公路上停留了两三个小渔港，喝了滨海的行动咖啡，停在公路边接受杂志记者的电话访谈，在改道的时候迷路。

这样的移动，有风景、有人文，许多地方都有自己独特的味道（真的是鼻子闻到的味道），通过这样的低速移动，我慢慢具体地认识花莲，比起以前总是点对点的快速移动，感觉充实很多，也更了解了这块自己所生长的土地。

比起单纯地享受花东山水，更加能够贴近人与人之间的交流，临时起意的小旅行往往带来超乎预期的惊喜。两点一线间，地理上的目的不一定真的是目的，过程才是重点。

陈敏佳
CHEN MIN JIA

摄影师，视丘摄影艺术学院讲师，著有《屋顶上》。

近年来常在岛内四处探索，比如高山露营、台61线走透透、台七甲高山公路漫游。

当地慢游，发现巷弄的小确幸[1]

温蒂花园

接近入秋的花莲，还有如此明媚的艳阳天，
说来是一种暖暖的幸福。
这次小旅行，把自己当成背包客，
用放逐的心情来逛游巷弄的文创小店，
还有大自然的好山好水，
“慢游”可以体验独特的旅人滋味。

- 地址：花莲县吉安乡明义六街 25 号（慈济技术学院旁）
- 电话：0937-164537、03-8578036
- 房型：2-4 人房
- 网络服务：无线网络
- 价位：2 人房 $1700-$3500 、4 人房 $2800-$5200
- 其他：住宿含早餐
- 官网：www.wendygarden.com.tw

文 · 摄影 / 邱于珊

1 微小而确实的幸福。该词出自日本作家村上春树的随笔。

早上，在北部搭“自强号”前往花莲的路上，天空是灰色调的，好像一幅泼墨画，直到火车过了福隆，眼前的构图及色彩正逐渐改变，成了丰富淡彩的蓝色，到了下午三点，花莲天空的太阳已经探出整张脸了，难怪民宿主人美英说花莲天天都是好日子啊！

在草地上奔跑，孩子哪里也不去

被中央山脉环绕的“温蒂花园”是主人美英的家，也给旅人提供住宿，约 2310 平方米的户外空间有发呆亭、绿色大草皮，还有两栋小木屋，适合亲子行。这里还有完全为小朋友量身打造的空间，住在这里的孩子，绝对可以尽情奔跑。民宿主人指着沙坑说：“这是小孩子最爱的地方，一跳下去就可以玩一个下午，完全不会吵着父母要看电视或打游戏机。”坐在沙坑边，除

PART 3

亲近自然·东部

了晒不到太阳，还会有徐徐微风吹来，感觉不到太阳就在你的正上方。关于这沙坑要设在哪里才不会把人晒伤，美英说除了观察四季的变化，还要注意风向，风太大也不行。从她说话坚定的表情看得出，她很在乎孩子在这里玩得开不开心、安不安全。

如果在大厅看不到民宿主人，那他们夫妇俩肯定又在户外忙着。美英说不只她龟毛[1]，她先生要求从大门进来的那整片瓷砖，一定要一个一个修平、磨过，然后再光着脚，实地踏踏看，绝对不能有凸出来的地方，以免割伤会在上面玩耍的孩子的小脚丫。她笑着说，一天下来，时间真的不够用，但这样的生活确实比起去上班要更充实。

丰富自然之地，孕育甘甜滋味

六年前，美英夫妇单纯地想要一个家，所以买了这块地，当时女主人从事服务业，在饭店工作，下了班或空闲时，才能用零碎的时间整理这个2310多平方米光秃秃的家，而这其中有一年的时间都是在做改良土质的工作，她说把地养得壮壮的，慢慢来、不求快的原因是希望家人吃的食物都能从自家的小小农场现采现收；还有眼前那一片绿油油的大草坪，外人看似简单的铺草皮，却是男主人实验三次才成功的成果。原本大门进来的地方都是青草地，后来因为女客人穿的是高跟鞋，双脚会陷在泥土里，才改铺成瓷砖，只是这瓷砖不能用水泥铺，水泥会破坏土壤，所以夫妇俩又花了很长的时间蹲在地上，一块砖一块砖轻轻地放。这样的用心，也用在客人身上，像早餐现做的馅饼夹蔬菜、苹果、芭乐[2]，就是今天在园子里现摘现切的。

1　出自闽南语。指做事不干脆、不爽快，对某些细节有着莫名的坚持。

2　即番石榴，台湾土生水果之一。

隐藏在背后的用心，被安心的温度包围着

家渐渐有了喜欢的雏形后，女主人辞去了饭店的工作，专心在家照顾孩子，也因为喜欢交朋友，后来干脆把自己的家分享出来变成民宿。她有许多私房路线是专为亲子规划设计的，像是在小溪抓虾、在森林步道野餐、护送螃蟹过马路、看螃蟹挺着大肚子产卵的生态旅行，这些年来不断勘景，带着家人孩子实地去体验，将安全性高的地方纳入口袋名单。她是做任何事都不随便、不马虎的个性，甚至连导游证都考上了。

“除了导游证，我连烘焙师资格证都拿到了哦！接下来要考西餐师资格……”问她要把民宿变餐厅吗？她急忙摇头说：“这些都是我喜欢的事情，也是生活的一部分……”这样说着的美英，眼睛都笑了，我在现场也感染到这股热情，于是这天下午的行程，便是我们跟着民宿主人做香草饼干，然后再把做好的点心带去美英的私房景点进行一日游。

“材料准备很简单，到园子现摘几片柠檬马鞭草，放在烤箱先烘干，叶子烘到摸起来有沙沙的声音就可以了哦，柠檬马鞭草还可以换成其他的香草……”美英一边说一边拿起大盆子和搅拌器，开始将奶油加糖打成乳霜状，有点白白的感觉后，再加入一小匙盐。低筋面粉加杏仁粉先过筛，把它们倒入刚刚有乳霜状的奶油盆子里拌一拌，加入刚刚烘过的柠檬马鞭草细末就可以啦！然后拿保鲜膜将它们全部包起来，搓成长条状或是你喜欢的形状，放在冰箱两个小时后，切成方块或圆形放进烤箱，放凉后就可以享用喽！

推开创意之门，开始慢游

太鲁阁国家公园管理处是我们的第一站。正纳闷着为什么要来这里时，美英说，孩子光在这里就可以玩上两个小时。果然走进管理处的大门，发现

左右两边有两张大木桌，这里可以玩拓印游戏，白纸压在桌上，再用蜡笔画一画，图像就能一一浮出来。我们看到隔壁桌的阿公带着小孙子一个一个拓，一点也不想离开的感觉。来花莲还有一个重要的市区小旅行，千万别错过了巷弄里的文创小店，还有咖啡馆，租一台机车就可以逛上一整天。

来花莲，有大山大海，也有巷弄的小确幸，慢城的旅行让人忘了时间！

邱于珊
QIU
YU
SHAN

曾在居家生活杂志工作，因为采访，认识了一群认真生活、热爱自己家乡、有梦想的朋友，深受影响，后辞去工作，在基隆开了一间小小的下午茶店，叫“黑兔兔的散步生活屋”。

最喜欢的一句话是“给自己勇气，做自己喜欢的工作”。

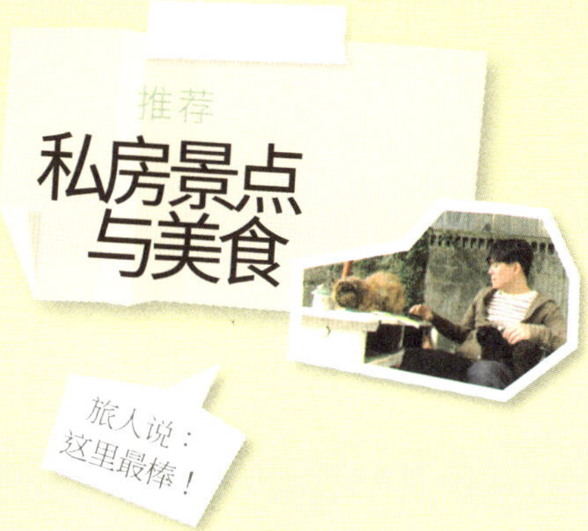

Giocare[1] 意式手冲咖啡

老房子是店主的工作室，店主将户外开放出来，提供咖啡和甜点，送上来的咖啡杯和红茶杯是主人手工制的陶器。花莲的咖啡馆，不只卖咖啡，也分享花莲人的生活态度和他们热爱的工作。

- 地址：花莲市树人街 7 号
- 营业时间：休息日与时间不定，建议可留意粉丝页讯息

时光二手书店

推开这扇老门，先被店内两只可爱的猫咪吸引过去，店内除了卖书外，也卖手工杂货和简单的饮品，让爱书人可以有个暂时休息的地方。老房子和丰富的藏书氛围，让我们选一个角落，和店内的小黑狗度过了一下午的美好时光。

1 意大利语，“玩”的意思。

◆ 地址：莲市建国路 8 号

◆ 电话：03-8358312

◆ 营业时间：13:00-22:00

O'rip 生活旅人工作室

O'rip 是阿美族语“生活”的意思，在 2006 年夏天出了一本《o'rip@hualien》免费刊物，将花莲有趣的人、事、物介绍给大家，店内有许多精彩的当地艺术家制作的手工礼物，也是旅人可以和当地文化交流的平台。

◆ 地址：花莲市节约街 27 号

◆ 电话：03-8332429

◆ 营业时间：12:00-21:00

用心生活，自在呼吸

呼吸民宿

“呼吸”是一间隐身在市区里的民宿，
外观并不华丽，
但从你入住起的每一刻，
都可以深切地感受到民宿主人的用心与贴心，
让你就像在自己家里呼吸一样舒服自在。

- 地址：花莲县吉安乡吉祥三街 22-2 号
- 电话：包租婆[1]金莲：0932-654870、
  厝头家[2]保川：0921-098433
- 房型：单人房 -4 人房
- 价位：$1100-$4800
- 网络服务：无线网络
- 其他：住宿含早餐
- 官网：www.hu-xi.tw

文 / 陈静芳　摄影 / 陈静怡

1　粤语，租客对女房东的称呼。
2　闽南语，意为“房东”。

白猫黄猫花猫，任君挑选

一踏进大厅，耳边传来王宏恩的歌声，电视里播放着厝头家拍摄的照片，每一张都美得让我们惊呼："这是哪里？"突然脚边一阵温暖，原来是超亲人的白猫小 miu 来迎接我们了。在厝头家的呼唤下，阿黄和阿默也纷纷从外面的花园经由窗户上的小猫门进来跟大伙儿打招呼。就连我们在讨论游玩路线时，猫咪们也不甘寂寞，硬是要趴在地图上撒娇，所以包租婆总是戏称：“如果对于路线有不了解的地方，猫咪们都可以解答！”这么热爱猫咪的呼吸民宿，当然也很欢迎宠物入住，在我们入住的那两天，就有一只住客带来的马尔济斯跟前跟后，跟猫咪们亦敌亦友，互动有趣极了！

入住呼吸民宿前，我们皆号称“花莲达人”，但与厝头家聊天后才发现，原来我们只是观光客而已！为此厝头家拿出他精心设计的地图，询问我们的想法，与我们讨论怎么玩真正的花莲，信手拈来全是旅游书上没有的私房景点和小吃，丰富到让我们大叹三天两夜怎么够。这回厝头家介绍我们去的第一站是全台湾地区仅剩的一家人工拍卖果菜批发市场，听着拍卖官快速喊着我们听不懂的语言，看着买方比着我们无法理解的手势暗号，还有成交印章不断地在空中飞来飞去，我们的表情只能用“目瞪口呆”来形容。强力推荐“只吃过猪肉，没看过猪走路”的朋友们一定要来体验看看哦！

让人想当成自己娘家的温馨民宿

厝头家对木工很有兴趣，因此呼吸里所有的木制品都是由他亲手打造的；而活泼热情又幽默的包租婆，则是以女性细心的一面，为住客设计了温暖舒适的住宿环境。

一踏进呼吸民宿，就会闻到一股舒服的香味，这是让你回到家都还会想念的“呼吸”专属味道；楼梯转角除了饮水设备，还有各国转接插头和转接线；每个房间里都有十个以上的插座，让不管是多痴迷的3C产品[1]爱好者，都可以把“宝贝们”安稳地充饱电；浴室墙上木架子上挂着的是美容院专用的吹

---

1 指计算机（computer）、通信（communication）、消费类电子产品（Consumer Electronics）。

秋

风机，是包租婆亲自试用比较过后，最想跟住客分享的好产品。

在我们入住的隔天，刚好遇上了台中姑娘要嫁到花莲来，新娘把“呼吸”当成是娘家住了一宿，隔天一早在“呼吸”举办了热闹的文定和迎娶仪式，厝头家和一双儿女仿佛是自家办喜事一般忙进忙出，我们也开心地凑热闹、沾喜气，玩得不亦乐乎。我想，只有像“呼吸”这样温馨的民宿，才会让人想要当成娘家出嫁吧！

摄影也是厝头家的专长，因此“呼吸”推出了一套明信片，每一张明信片都是厝头家用镜头说出的对花莲的爱，而包租婆则亲笔写下与照片相称的短诗。每卖出一套明信片，呼吸就捐出售价的一半给阳光基金会和卢慧夫基金会。大家退房时别忘了带一套明信片寄给亲友，顺便献爱心哟！

享用并感谢造物者恩赐的山水与食物

卑南遗址的最北端位于花莲的风林乡，因此路边房舍旁随意可见用来当成围篱的立石板，皆是2300年—5300年前卑南文化用来占卜的工具，“吉拉卡样假日厨房”就坐落在这山明水秀的遗址里，由阿美族姐妹花O'ol和O'ping

所经营。她们都曾到外地工作，因为担心部落的传统渐渐消失，决定回到家乡，从学习母语开始，带领游客体验她们的童年生活，上山下溪采集野菜，再带着丰盛的战利品在溪边用柴火炊煮出独一无二的野菜汤，汤头味道是甜是苦，端看今日所采集的野菜种类而定。（这不就是人生吗？）主菜则是以香蕉叶闷烤的山猪肉以及精心按摩的桶仔鸡，捧着竹叶盘和竹筒碗，以蓝天为屋顶，半身浸泡在溪水里，放下武装的自己，也放下日常生活中所有的压力，单纯并心怀感激地享用美食和美景。

当天的我们很幸运，O'ol 不只带领我们溯溪到她的秘密基地去，还沿路介绍溪谷的特有物种和吉拉卡样部落的由来，更幸运的是还有姐妹俩天籁般的歌声一路相伴，令人仿佛置身天堂。享用完造物者恩赐的食物与山水，O'ol 带领我们怀着感恩的心，以歌声来回馈大地，当歌声停歇下来，我们感觉到心灵平静，整个人被洗涤干净，刚吃下肚的食物化成了满满的能量，仿佛带着造物主赐予的祝福，信心满满地迎向未来！吉拉卡样假日厨房不只是一间餐厅，更是一种学习、一种体验和一种文化！

- 预约专线：0981-940-817，请提前一星期预约
- 联系人：O'ol 吾兀儿

花莲，一个风景人文与西部完全不同的地方，在雪隧开通、客运公司加入营运之后，从台北到花莲就变成一件很简单的事了！想念花东纵谷的空气时，买一张前往罗东的客运车票，到了罗东之后再转乘台铁，三个多小时后就会抵达花莲。蠢蠢欲动了吗？那就……说走就走吧！

陈静芳
CHEN
JING
FANG

进圆神编辑团队刚满一年，担任税务会计一职。热爱阅读与旅游，阅读让我遨游或真实或想象的生活，属于杂食性的书虫；而旅游带我体验这个缤纷的世界，没看过、没吃过的，都想要试试。

推荐

私房景点与美食

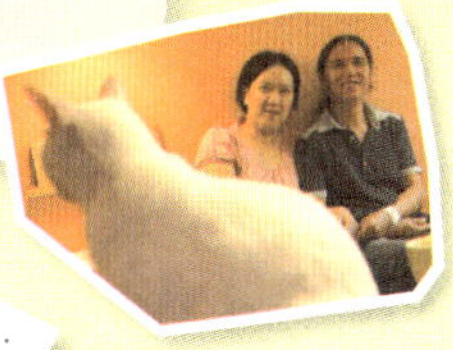

厝头家与包租婆说：
不去可惜！

砂　婆　当　溪

砂婆当溪是花莲市的水源地，也是阿美族孩子们的跳水天堂，泡在冰凉的溪水中，身边飞绕着豆娘和红蜻蜓，眺望远山，远离俗世一切烦嚣。如果想来点刺激的，可报名参加溯溪团，体验一下坐云霄飞车也达不到的快感。

砂婆当溪需申请乙种入山证[1]，随到随办。

莲　城　莲　园

莲城莲园是全台莲花的主要供应商，是全台湾拥有最多品种的莲花园，

1　为确保山地治安、维护居民利益，凡进入台湾山地特定管制区域的游客，需携身份证在当地派出所申请办理。

园主是十大杰出青年神农奖的得主，为人幽默风趣。园内提供免费饮用的莲花茶，还有超冰凉的山泉水可以泡脚，另有新鲜莲花及相关产品贩卖，全年无休且免费入园。

- 地址：花莲县吉安乡南华村南华五街 66 号
- 营业时间：08:00-18:00

四　八　高　地

位于奇莱鼻灯塔和七星潭渔村间，因海拔高度为 48 米而得名，可俯瞰整个七星潭月弯形海岸，天气好的时候甚至可以看到清水断崖，不论晨昏晴雨，都各有风情，有“花莲小垦丁”之美名。

附近为重要军事基地，标示有禁止进入之处，请勿随意闯入。

弘　宇　蛋　糕　专　卖　店

招牌是一只极为闪亮的缸鱼，最热卖的浓情巧克力蛋糕恰如其名，浓郁而不腻，美式纯乳酪蛋糕和芋泥奶酪蛋糕，也都各有支持者，是花莲新兴的伴手礼。

◆ 地址：花莲市中华路 330 号

◆ 营业时间：8:00–22:00

蔡　记　豆　花

虽名为豆花店，但店内最受欢迎的是薏仁牛奶和仙草奶冻，薏仁炖得软绵，传统客家仙草 Q 弹，喜爱尝鲜的朋友们不妨一试。

◆ 地址：花莲市民国路 73 号

◆ 营业时间：13:00–22:30

踏进花东
纵谷的玄关

丰 田 安 琪 花 园

当你日常累积的疲累感需要放下时，
来到稳坐一片绿畴当中的丰田前日本移民村，
上山下海，
就从这里出发吧！

- 地址：花莲县寿丰乡丰里村丰正路一段 65 号
- 电话：0922-657860
- E-mail：angiele.e4730@msa.hinet.net
- 房型：2-4 人房、2-8 人房
- 价位：$2800-$11500（依房型与人数而定）
- 网络服务：无线网络
- 官网：www.casadeangie.com.tw
- 其他：住宿含早餐；备有宠物可入住房型；通英文、日文

文 / 王妙玉　摄影 / 李宛蓁、林平惠

一直想找一个明亮宽广，可以把自己安心张开或卷起来的“角落”。有时候并不是为了躲开烦嚣，而是日常生活中累积的好多负担需要放下来，出走一下。不过归来后回想最令你纾压的，往往是兴致高昂规划行程的阶段，因为连旅行都被嵌入 Excel 表格布局、精算，最后也只像是某件需要讲求效益的专案任务，落得“达成度 75%”和疲于计较 CP 值[1]的分数评判。

说好的放下呢？

决心让旅程回归旅行的意义，不是为景点“阅兵”，一开始选择安琪花园的四人小组就决定了唯一的玩法：民宿主人分享经验，挑我们喜欢的去体验。就这样，一对俊俏母子和两个牵挂着待编稿件的文字女工，走进那幢绿田间仿佛积蓄着奇妙能量的彩色大房子，安琪信手指指，花莲丰田村成了一座处处闪耀的大宝藏，我们一路学着辨识璞玉、原石中晶亮的猫眼，不亦乐乎。还发现真正疏通烦闷的良方，就是打开窗让新的空气吹进来，放开心去感受，学习最忘忧。

坐拥中央、海岸山脉的日式移民村单车秘径

微雨的初夏，丰田村边的大山与花莲本地产的台湾玉是一样的颜色，雨云徘徊缭绕，青润而婉约。在开阔的连绵田野中，这个旧时的日本移民村，四处藏着一般乡镇没有的异国风景。街道少车，路也好认，踩着单车慢玩丰田最惬意，细心的人转个弯停下车，就有小发现，例如成排的土肉桂树、家家户户门前风车造型的木制信箱和大剌剌横卧马路中央打盹的狗。

在花莲土生土长的安琪落脚丰田后，自己踏遍每一个去处，从轻量级漫游闲晃到 Pro 级驰骋山林的各种路线玩法如数家珍。我们循着她绘制的可靠

1 Cost Performance Ratio，即“性能价格比”。

小地图，从改建为碧莲寺的原神社遗址出发，沿着昔时神社的参拜道路，行过古朴的鸟居，找到和式的日据派出所及丰里“国小”剑道馆。“丰里国民小学”老树多，树上硕大的鸟巢蕨给小小校园增添了灵气。寿丰乡规划有环乡自行车步道，如果想好好骑个畅快淋漓，安琪特别推荐从月眉大桥到玉里车站（途中可尝尝桥头臭豆腐、玉里面），约三四个小时的私房骑乘路线，也可以单车代替租车，从丰田到花莲骑透透，更精进的还可以挑战知名的“鲤鱼潭铁人三项”。

寿丰的疯人们，土地滋味的守护者

这里的人大概是因为亲土亲水，行事喜欢合于自然规律，买东西、吃东西甚至电脑送修，营运、休憩有条不紊。想包个现做便当上火车，都要算好菜香肉熟的开饭时刻，逾时不候，早到也恕难配合。

热天的午后直奔丰春冰果室，能不能尝到你此行心心念念的芋头或红豆

口味柴烧甘蔗冰，只能碰运气，老大理石桌上，不管是下课偷闲的三五成群的高中生还是寿丰车站吞吐出的假日旅客团，后头大灶依旧细炖慢熬，60 年来不少一分工，也不多一分花哨。实在的食物如此好味，山野凝蓄的雨露和清风如此宜人，当地人识得自然的恩赐，知道肤浅的取巧贪快反而减损农作和食粮自大地和时间孕育而来的能量，很忍得住在高温中挥汗劳作，很愿意等候结果自然成。

燠热中一身无菌服，整天手扛着沉甸甸的全不锈钢制具，又无数次抬起、放下的“味万田”手工豆腐坊的工人们；还给鸡一个真正能走、能啼和下蛋的山坡，在餐桌上徒手拎起生蛋黄，教我们认识一颗“老阿婆时代的平凡好蛋”有什么特征的乡庭畜牧场张进义班长；而江玉宝的农园植育稀有的有机白百合和山苦瓜有所成就，让弃绝再以药物毒害身心的“信众”终年络绎不绝，仿佛找到了救主。他们都笑称自己“起笑”[1]，而眼神里却都有着天启般的坚信不疑。

被大自然拥抱的魔法城堡

住进安琪花园的晚上，Midori 和我各占据一张大床听着四周蛙鸣和虫鸣

1　闽南语，像疯子一样。

像环绕音响此起彼落。在安琪亲手敲了十下从新西兰抱回来的老爷钟后，Hirae 母子也早已完成惊喜各异的客房间的穿梭探险和豪华浴池体验任务，小钱德搔着腿肚上的小黑蚊叮痕，念着明天的窗边喂鱼游戏入睡了。

蒙眬中，大家回味起长长的田间小路、草木的气味，混着从江玉宝农园听来的一群野蜂化成黑云与人斗法的故事，和如丰琢玉磨具台上台湾玉在指尖的触感变化，没有空隙让来此之前还挂心的未完成的工作和连绵阴雨插队扫兴。

晨起踩着赭色西班牙地砖走进浴室时，一屋子阳光和镜中反映的绿意天井，让人恍然也像在做梦。才想拿相机记下奢华的静谧好回去炫耀，竟瞥见一只蛤蟆不知什么时候失足跌落造景用的小水缸里载浮载沉。看它用力拨了拨就瘫浮不动了，赶紧向安琪求救。小钱德跟在后面忙进忙出，兴奋地观察和帮忙，最后在镜头前手持捞网与获救的蛤蟆合照一张，得意扬扬。那一晚，小钱德说不定曾和变身柯南的小男孩一样，在钟响 12 声之后潜入安琪花园的某个魔法角落，让“小蛤蟆搜救记”重新改编上映。

王妙玉

在先觉出版任职近 8 年。刚完成编辑生涯的第 103 本书。

觉得很酷的境界是“遥知不是雪，为有暗香来”，看见价值，先知先觉。

推荐

私房景点与美食

安琪奶奶说不去可惜噢！

江玉宝有机农园

把当地食材带回当伴手礼吧！江玉宝大哥欢迎大家来听他说故事，邀上三五好友或游览车团体皆可预约导览。

- 地址：花莲县寿丰乡丰里村四维路土地公庙前
- 开放时间：电洽 03-8652033、0953-224856
- 怎么去：若找不到地址，请打江玉宝大哥的电话求救吧！

丰春冰果室

慢火烧、熬、煮的甘蔗，用漫长的时间换取绵密的口感，各种口味售完为止，夏天请早点来，否则就只能看到老板在门口说“抱歉”了。

- 地址：花莲县寿丰乡寿丰路一段 79 号
- 电话：03-8651530

◆ 营业时间：3 月 31 日 -10 月 31 日 11:00-16:00；因为备料可能延后开门时间，因材料用罄可能提早结束。

◆ 怎么去：寿丰火车站斜对面，步行约三分钟

乡　庭　畜　牧　场

无毒放山鸡在好山好水的丰田有个家，还提供无菜单私房料理。半山腰的“山边路”小径不易找寻，却坐拥美丽的夜景。招牌菜“烧酒鸡”及“桶仔鸡”需预订。

◆ 地址：花莲县寿丰乡丰山村山边路二段 157 巷 36 号

◆ 电话：03-8651315、0938-023017

◆ 营业时间：不接临时客，请电话预约

◆ 怎么去：建议开车或搭计程车前往

宜　口　小　吃

丰田的私房“灶咖”，招牌菜是红烧豆腐、卤水鹅肉、当地时蔬和花东纵谷白米饭。旅程最后一天可外带一份便当上火车，再到对面丰田农会超市选购当地产制的“面大王”面线当伴手礼。

◆ 地址：花莲县寿丰乡台 9 线 224 千米处

◆ 营业时间：一年四季的午、晚餐时间，周三不营业

◆ 怎么去：台9线丰田段南下方向右手边，丰田农会超市斜对面，近丰田后站

如　丰　琢　玉　工　坊

邀上三五好友，和孩子一起来玩台湾玉DIY，亲手把原石琢磨成玉饰吧！

◆ 地址：花莲县寿丰乡丰山村忠孝街91号

◆ 电话：03-8652323、0933-798666

◆ 营业时间：8:00-17:00开放参观与DIY；溯溪寻玉导览请电话预约

◆ 怎么去：丰田火车站步行10分钟；台9线224千米开车经鱼塘路、忠孝街前往

马太鞍的时光机

欣绿农园石头屋

夜晚的马太鞍，
丰富性和白天不相上下。
走在木栈道上，
凉风习习、静谧舒适，
虽是伸手不见五指，
却能安心地流连，
实在是很难想象的幸福。

- 地址：花莲县光复乡大全村大全路 60 号
- 电话：0932-656080、038-700430
- 联系人：朱先生
- 房型：2–12 人房
- 价位：$1800–$5000
- 其他：住宿含早餐、单车自由行、夜间导览
- 官网：www.shin-liu.com/homestay

文 / 赖真真　摄影 / 周肇欣

火车平稳地行驶在中央山脉和花东纵谷间，车子经过了波光粼粼的海洋、青绿苍翠的大山，沿途的美景吸引眼球，旅客们纷纷拿出手机和火车竞速一般地快拍。非假日搭车的，少部分是返乡游子，多数是慢活慢游、不被时间束缚的访客。

回到爸妈怀念、孩子新鲜的乡下童年

离光复站不到十分钟车程就到达欣绿农园石头屋民宿。石头屋以片岩砌成，配上铁灰色德国平板瓦，是和外部环境相当融合的建筑。下车后放下行李，笑迎我们的是石头屋民宿主人朱进丰大哥，他一看到我们就说：“来这里，像小时候一样玩就对了！”

大農大富平地森林
MA

马太鞍湿地是一处涌泉不绝的天然沼泽地，我们迫不及待地卷起裤管，和孩子冲去溪边享受溪水的清凉。朱大哥出现在溪边时手上拿着猪肝和“鱼笼”。“来，一个小孩一个鱼笼，等一下像这样把鱼笼旋紧，自己选一个地方放鱼笼。”孩子紧张又好奇地捏着猪肝、腐肉，小心翼翼地将鱼笼静置溪流中。“腐肉是虾子的最爱，但会进鱼笼的，都是想吃肉的，明天再来看有什么东西跑进去。”

溪水的清凉消却了路途上的闷热，无数的小鱼在脚边梭游而过。熟谙水生植物的朱大哥随手摘起野菜，一边解说，一边请大家直接入口品尝，果真鲜美。

夜晚的马太鞍，其丰富程度和白天不相上下。走在木栈道上，凉风习习、静谧舒适，虽是伸手不见五指，却能安心地流连，实在是很难想象的幸福。

就在随意乱想之际，前方的手电筒照进了荷花池，哇，干净的湖面上是睡莲——绽放中的睡莲，精神奕奕，腰杆打直，一点睡意都没有——和“睡莲”这个名字很违和的感觉。粉红、淡紫、纯白，同行的其他游客已经不是第一次来了，纷纷拿出“大炮”捕捉夜色中的美景，真的是好专业噢。

体验最日常的原民智慧

马太鞍是阿美族语“树豆生长的地方”，第二天我们体验本地居民传统的日常生活：巴拉告捕鱼、捣麻糬、自己煮石头火锅。但还是先去察看前一天施放的鱼笼有无收获。噔噔噔，哇，几只人溪哥[1]成了我们的囊中物。朱大哥在巡鱼笼时，一一解说各施放点“渔获”的成败因素。原来水流平缓、水流转弯和隐秘的地点，都会影响“渔获”的种类和数量。最后我们把小虾小鱼都放了，只留下大溪哥，给中午的石头火锅加料。

---

1 学名为宽鳍鱲，俗称桃花鱼、双尾鱼、红车公、白糯鱼等。

中午这餐饭完全是本地居民的智慧。准备石头火锅，第一要务就是“烧热石头”，一般石头无法烧热到七八百摄氏度，必须是用一种硬度很高的蛇纹石。烧热的石头过水后，放进孟宗竹制的竹锅中，竹锅中原来平静的冷水立刻温度上升，水滚后加入现采的野菜、鱼虾等食材，重复替换烧热的石头维持火锅的高温，十来分钟一锅汤就完成了，完全不用加调味料。

原来，任何调味料都比不上石头！烧到七八百摄氏度的石头放入水中，和急速冷冻的效果一样，能完全保鲜，加上石头充分的矿物质就是最天然的调味剂。

除了这神奇的石头火锅，搭配火锅的紫米饭也是好吃到不行。孩子一口气吃了四碗，还一直要我问怎么煮的。这不是很简单？一小把紫米混合糯米……但一看大惊，这是用木桶柴烧慢炊出来的！看来想吃最地道的，就下次再来啦！

欣绿农园的涌泉清澈，景观池中游着许多养殖的吴郭鱼，再没经验的人都看得到鱼踪。但不要以为这样的鱼就很好钓，明明看到鱼正在碰饵，却又一溜烟儿跑走了。上钩后，又该如何握紧钓竿，顺着它的挣扎力道却不要和鱼抗力，让它含紧鱼饵？收竿时又该何时把鱼拉离水面？都是只可体会不能言传的。于是就算天色暗，小黑蚊“伺候不断”……连饵都用完了，大家仍意犹未尽，大人、小孩都说：“下次还要来钓这种看得到的鱼……”

斗笠帮，往中央山脉出发！

在湿地附近骑单车，可沿途欣赏水稻、莲池、芋田的自然风光，若走环山道，可沿着芙登溪向上游骑，对着矗立的中央山脉走进去，却是另一种豪迈。过了村长家，差不多是制高点了，回程走在防汛道路上，一路下坡更是御风而行，好不惬意。这趟来回，走走停停一小时是足够了。

如果要前往近来最热门的自行车路线，就可以挑战花东纵谷内一处平地造林而成的景观新据点，也是花莲唯一施放热气球的地点——大农大富平地森林休闲园区。从欣绿农园出发，只要先骑到台9线上，就不会迷路。园区

内就是“一条大路通罗马”的直线上坡，生怕一停下来，气泄了就再也骑不上去了。

植树造林的大农大富基地真的是令人惊艳，宽广无边的视野，没有一丝一毫阴影，实在美得很不真实。园区内规划多条的“林荫自行车道”，光是在入口处张望都觉得浪漫无比。“下次还要再来”——三天之内这个念头像是咒语一样，就这样不断冒出来！你说，怎么能不再来？

赖真真

LAI ZHEN ZHEN

在圆神18年，热衷本土书策划。最爱每天遛狗，每周看棒球赛，每年和朋友家人出国、开眼界。

最喜欢的一句话是“如果能做到感动自己，才是尽力”！

开发邀约之作有：《有些事，这些年我才懂》（小野著），《我的心，我的眼，看见台湾》（齐柏林著）等。

推荐

私房景点与美食

男孩说：
要来噢！

令人惊艳的大富大农森林园区

花东纵谷内一处平地造林而成的景观新据点，往北距离花莲市区约 1 小时的车程，往南至台东市约需 3.5 小时，但南北公路往来皆可经由台 9 线道和县道 193 方便抵达。游客搭花东线火车，于光复站下车，转乘接驳交通工具亦可到达。

- 地址：花莲县光复乡大富村（台 9 线 255.7 千米处）
- 营业时间：园区游客中心无休馆日，开放时间为每日 8:00–17:00

神农奖的好味道：欣绿农园

欣绿农园是朱进郎先生（我们都称呼他阿郎）经营的，在众多野菜美食之中，特别有口皆碑的是炭烤吴郭鱼，此外池上米煮成的紫米饭及数十种罕见的野菜及药膳，吃来更是爽口留香。另有招牌豆腐乳，是由阿郎的岳母以古早味并融入当地的食材：树豆、紫米……制作出的，很多客人一吃上瘾，都会再多买几瓶带回去当伴手礼。

- 预约电话：03-8701861、0931-265898
- 联系人：朱进郎

火车站附近的老牌冰品店：晶晶冰铺

晶晶冰铺的老板除了本业之外，也常协助大专院校的教授、学生做花东生物相关调查，包括夜探林道、观察两栖类生态等。1997 年先开冰店，之后卖卤肉饭、鱼酥羹等。冰店热卖商品有月见冰、红豆冰淇淋等，月见冰是用香草冰淇淋、花生、葡萄干制作的，再淋上蛋黄，很有饱足感。选用当季水果为原料，夏季有杧果冰、凤梨冰等，建议凤梨冰挑选台农 3 号十凤梨，酸甜滋味一试难忘！

- 地址：花莲县光复乡中山路二段 352 号
- 电话：03-8700992

智　岚　雅　居

一旦找到心灵的家，到处都是你的家，没有妄想和烦恼。

这是一段多么让我难忘的心灵旅行啊！

- 地址：花莲县玉里镇大禹里酸柑 98-1 号
- 电话：0921-986461、0932-235978
- 房型：2-4 人房
- 价位：$1800-$4000
- 网络：无线网络
- 其他：住宿含早餐、茶品
- 官网：www.wisdom-garden.com

文 / 黄淑文

摄影 / 杜守正、杜元椿

心灵桃花源，身心灵一次饱足的旅行

生命，总有不可思议的因缘。从台北出发时还阴雨绵绵，来到花莲玉里却艳阳高照。踏进智岚雅居，很意外地，你会发现，这里根本没有围墙也没有大门，只要你一个起心动念，一个缘分的牵引，当下就有一扇心门为你而开，帮助你松绑自己，不只享受花莲的好山好水，还找到自己的心灵净土。

“用真诚对待每一个客人，欢迎有缘人、频率相近的朋友来谈心交流。我们广结善缘，但不攀缘。”长年学佛的许大哥和李平妹，总把客人当作自己的朋友，他们为旅人营造心灵的休憩站，不只提供住宿、规划旅行路线，还举办心灵讲座探索生命。短短几天，就让人身心灵得到全然的释放，有一种重新充电的饱足感。

生命与生命，是“共成”的存在

民宿主人李平妹从小就梦想，有一天能拥有陶渊明所形容的桃花源，远

离是非烦恼。于是，她努力摆脱贫困，北上读艺专学设计，直到有一天她有钱有房子，如愿住在山里，自以为什么都有了，却突然大病一场，遭逢各种变故。她突然对生命产生了很多问号，不停质疑："我这一生来人间，到底是为了什么？""为什么让我拥有一切，却突然全部都收回？"在她痛苦不已想结束自己时，却遇见了圣彻上师，终于豁然开朗，在佛法里重生。

对从小一样在寻找答案的我而言，李平妹的故事实在太动人了。我忍不住问她，究竟从上师身上学到了什么？

"我从上师的身上，学到了一个觉悟者的眼光以及智慧！"李平妹说，有一回上师引导学员看一棵树。上师先问大家近看看到什么？有人看到树皮和蚂蚁。上师要我们再往后退一点，结果大家又看到树上的绿荫和小鸟。那么，再往后退呢？哇！看到蔚蓝的天空，眼光又不一样了。"原来，我们要明白的是看待事物的眼光。那个眼光，有凡夫的眼光、阿罗汉的眼光、菩萨和佛陀的眼光。用佛陀的眼光，就可以看到生命的全部。"经过这次课程的体验，李平妹确认圣彻上师就是她一心寻找的心灵导师。

"我曾经发愿，只要找到生命的答案，一定会分享给周遭的人。"而智岚雅居，正是李平妹圆梦还愿的桃花源。

"智岚"是由圣彻上师取名，刚开始李平妹并不十分明白。直到有一天，她回南部，整个台9线两边都是山岚，突然顿悟"智岚"深意。李平妹说："山岚后面有翠绿的青山，原来山岚的美，是因为有青山在衬托。在这同时，我又看见小鸟、绿树、原野和住家，彼此衬托相互映照。非常重要的是，我突然看见自己了。原来今天我懂得欣赏这一切，是因为我跟这些山岚、青山、绿野是一个共成的存在，才看得见它们的美丽。当我懂得欣赏这一切，就是我的智慧和福报。哇！我终于明白，生命与生命之间是共成的，一切生命都是共成的存在。"

Wisdom Garden
Home Stay
智山風
交通部觀光局花東縱谷國家風景區管理處

禪悅

/ 心灵提炼出来的美感，吸引外国人慕名前来 /

因为这些因缘，学艺术出身的李平妹，把圣彻上师对她的影响，以及对佛法的生命体会，融入民宿设计，结合中日欧美混搭风，受到“寂寞星球”出版社青睐，为其做了报道，常吸引外国人慕名前来。有人惊呼，简直住进了“总统套房”，景观漂亮，空间大。也有旅客谈心品茗，望着窗外的秋风落叶，惊叹：“为什么全世界最美的地方都在这里？”当然也有不少人因为挫折来到智岚，受到许大哥和李平妹的心灵小语的启发、开导，进而转换心情，破涕为笑。

我想，智岚的美，不只是眼睛看到的美，更是李平妹用心灵提炼出来的空灵之美。主人的用心，抚慰旅人的心灵，生命与生命的交流，让内在的心灵与外在的环境交相呼应，呈现出智岚不同于其他民宿的美感和气质。

抵达智岚那天，巧遇一位老外，这位外国友人单独骑脚踏车旅行，途经民宿，决定在此过夜。李平妹不只多才多艺，连煮饭都不输专业主厨，听说有客人为了吃李平妹的早餐，短短几个月就来了三次。

“给客人温暖，如果老板退居幕后不招呼客人，就失去了民宿的味道。”许大哥说，跟大自然和谐相处，与人为善，让客人吃得饱、玩得开心最重要，他现在所追求的是法财，而不是世间财。“世间财只有今生使用权，够用就好；追求法财，生生世世都可以延续。”

“佛法是生命教育，教你怎么过日子。你的心装进了什么，就会显现内心的意境。换句话说，你的心里有菩萨，就会显现菩萨行。”许大哥带我们前往金城武拍过广告的伯朗大道，看着开阔的原野，没有电线杆也没有房子，我才恍然领悟，我们的心灵平常都塞得太挤太满了，唯有把自己清空，没有任何障碍物遮蔽我们的心与眼时，才能心无挂碍，敞开心灵，享受真正的舒展与自在。

“喜欢玉里，不能只是嘴巴说，还要从心底与它打成一片。”许大哥带着我们一家认识玉里，品尝当地美食臭豆腐和桥头面，吃过一次后，到现在回想都还齿颊留香、意犹未尽，果然名不虚传哪！

卖臭豆腐的老板说，原本他另有生涯规划，因为不忍妈妈长期卖臭豆腐脊椎侧弯，才接下这个重担。从小，妈妈总觉得他个性太过严谨，成就不了大事，没想到却因为他这种事事要求完美的个性，打响了桥头臭豆腐的品牌，超越了上一代。老板喜悦得意的脸庞，蕴藏着对母亲的孝心与接下传承重担的责任感，让我好感动。

玉里桥头面的老板十八般武艺样样精通，还会抓山猪。他说，十三岁就开始做面，虽然没有高学历，但一点也不后悔。譬如：如何招待客人，靠的是智慧和观察，这些都要靠自己，而不是靠文凭。我问老板娘，为什么看起来那么年轻？保持年轻的秘籍在哪里？她哈哈大笑说，常来吃面，看她每天做面享受蒸汽浴，就会知道喽！

找到心灵的钥匙和回家的路

来到智岚雅居的每个客人在离去前，都有机会拿到李平妹画的扇子，扇子的水墨题字禅意深远，不只作为旅程纪念，更可作为生命提醒。李平妹拿

着扇子告诉我，生命的因缘是会变动的，不是我们所能掌握的。但我们每个人的心，都有一个“永恒不变的金刚特性”，这个特性圆满洁净完整，不会因为你受伤、受打击而有任何增减，认识这个心的本源，就能安定自己的心，找到心灵的钥匙和答案，展现生命的价值。

许大哥则补充说，生命的源头找到了，回到心灵的家，享受家的温暖，什么问题都可以解决。没有家的人就会四处流浪，居无定所，永远在寻找。一旦找到心灵的家，到处都是你的家，没有妄想和烦恼。

这是一段多么让我难忘的心灵旅行啊！旅途的末尾，女儿的脚扭到了，先生背着她返家的背影好动人。在山路的尽头，我知道这一切最后的终点是家门，一份永远的依靠。有家的感觉真好，有家人的陪伴更是幸福，谢谢许大哥和李平妹给了我们一把心灵的钥匙。

我知道，在不久的将来，我会带着一颗真心，再度来到智岚雅居。

黄淑文

热爱生命的心灵作家，像小小的桂花，总能绽放自己独特的芳香。作品曾被选入台湾大学教科书，被评选为最温柔动人的亲子博客，为台湾博客百杰“文学创艺类”金牌奖得主。著有《最长的辞职信》《趁着年轻去流浪》《妈妈的读心术》《妈妈做自己，孩子就能做自己》等书。

远离文明的
山林秘境

竹 湖 山 居

在喧嚣的城市里待久了，
总会想出走。
我们都认同旅行可以疗愈身心，
也很久没来拜访花东海岸线。
对于这回要造访的秘境民宿，特别兴奋地期待着……

- 地址：台东县长滨乡竹湖村一邻 41 号
- 电话：089-832383、0937-975692
- E-mail：ju.hu@msa.hinet.net
- 房型：2-4 人房
- 价位：$4200-$5200
- 网络服务：无线网络
- 其他：住宿含早餐，付费晚餐请提早预订
- 官网：www.juhu.com.tw

文 / 沈蕙婷 摄影 / 林慈敏

享受被星空包围的美景，各自放空

台东长滨竹湖山居二馆，是个让人几乎不想出门的住处。主人赖大哥为了让客人一入住就能自在放松，便在自家的林区内设计了三间外观低调但内部宽敞舒适的客房，有书柜、DVD 播放机、电视、音响、仿古家具、梦幻吊床、沙发、窗台阅读区、面山露台、泡澡池等。这样的格局果然特有疗效，我们一抵达秘境后，没超市没夜市，却有返“家”的雀跃心情。

晚餐时光，掌厨的赖大嫂煮了一桌美味又营养均衡的家常菜，都是维持食物原味，并从户外摘片叶子摆盘，便让我们好生愉悦，常惹得我们动不动就问问自己的舌头：“这是什么野菜？”“这里面其实有豆腐乳吧？”“这是鱼的哪里？”就在好多问号中享用这顿超值的飨宴！

饭后就算没参加免费的夜间生态导览，也能优哉漫步回房，先在磅礴的蛙鸣中躺在户外的露台长椅上观赏银河，享受被星空包围的美景，各自放空。习惯城市匆忙的步调，此刻的我们学会了什么都不做不想，才是真正的休养生息。

无人海滩的心灵 SPA

山海咫尺间，三天两夜的行程好玩而不赶时间。我们踏过了许多无人海滩，忙着脱鞋穿鞋。有时海滩沙层有如镜面，真能留下所谓的“倩影”。躺在砾石滩上，不仅感受到健康 SPA，海涛退去夹带滚滚砾石的“哗啦哗啦”声，根本就是应该拿奖的自然音乐，我深信绝对能与身体共振，想到这里，立刻拿起手机录音当铃声。

“小心哦，这里比较不好走。”赖大哥贴心地提醒道。此时我们正走在台东长滨乌石鼻，也是全台湾最大面积的火山岩的崎岖地形上，甚至还一度

挑战 85 度的徒手攀岩，当然有赖大哥护驾就是了。走在前方的他介绍起我们很好奇的、到处可见的脱得漂亮的螃蟹壳，以及各种各样的海边植物生态。极少数被钓客、游客们留下的垃圾，赖大哥则顺手捡起做环保。有幸跟着他造访这个私房景点，真是好一处柳暗花明的宁静角落。

活生生的Google，国宝级解说员

看起来“空无一物”的海边。光是蹲在礁石上，我们看到了藤壶、海胆……在眼前那片树丛间，我们知道哪种植物以前是拿来做扫把的，哪种植物其实长了二十年也不过这么大，因为它处于迎风或背风面；或是如何拾起一根含羞草但不让它的叶子闭上，壶穴、海蚀洞、页岩……赖大哥手指划过的痕迹岂不就是时光。

每一个“地点”（真的就那个点），我们都可以戳好久好久，同时惊异于这里的生意盎然。许多动植物的名字都超过六个字，这个人也能如数家珍，他根本是活生生的Google，很像博物馆里荧幕上的按钮，按下去就会侃侃而谈。

曾笑问他是不是在学校考试都很强，他腼腆地摇摇头，说自己是退伍后才回到这个出生的地方，比对着图鉴和身边的景物，就这样开始生态学习之旅。

竹湖山居不仅常常吸引赏鸟人士前来，许多学者也常跟他互相切磋，每年暑期举办的小朋友探索营队更是大受欢迎。

不下山看海，也能享受野放乐

如果你不想下山去看海，想把房价好景赚回来，可以请赖大哥帮你找一下长鬃山羊的落脚处，他可是用目视就能看到栖息在对面山壁草丛间的那只山羊，而我们则需要他架好望远镜正对它时才有幸一睹。至于成为房间代名的朱鹂，一身鲜艳，令人的视线都舍不得离开那望远镜里活灵活现的小身体。

有别于许多关心环境保护的人，投身其中的赖氏夫妻，心中应该也有许多路见不平吧，但是他们的言行却是如此温和淡定，只是跟我们分享这地方的美好：“蹲低一点拍照，就拍不到消波块了。”“鸟越来越少，因为保育

后的猴子越来越多，会吃鸟蛋啊。”或是停驻路边看一处不可思议的南洋风情后，开车经过了疑似规划为大饭店，可能破坏水土保持的突兀的工地时，语气仍然平静。

于是我们的野放心情并不用负担太多意义，而是自然发酵在心里，同时学会了温柔面对一切的生活哲学。

在回程的火车上，我们不约而同地惊觉已经开始想念竹湖山居的宁谧。既兴起很大的怅然，也才意识到这个假期是多么切实地在山海间疗愈了疲惫的身心。

沈蕙婷
SHEN
HUI
TING

加入圆神 16 年，从行销[1]跳槽当编辑。

最爱旅行，已成为疗愈身心的必要仪式。最喜欢用文字感动人，包括身边的亲友和不熟识的读者们。

编辑代表作有《我爱故我在》《这些人，那些事》《爱自己》等。

1 台湾常用的说法，即走动式营销。

推荐

私房景点与美食

人体google说不去可惜噢！

扫　别　山

这是赖大哥非常推荐的民宿园区延伸景点，从竹湖山居健行可到的制高点。白天可以登高远眺台东海岸线；幸运的话，农历每月16—19号的晴天傍晚可以看到海上月出的特色景观。

- 地址：台东县长滨乡竹湖村
- 开放时间：一年四季，但天气不佳可能影响路况
- 怎么去：从竹湖山居可以开车上去，或步行约一小时

桥　头　臭　豆　腐

因为距离竹湖山居最近的火车站就是玉里，来到这里非吃不可的就是这一味臭豆腐！外皮酥脆、里面多汁的口感，搭配独特的白萝卜泡菜，一点也不油腻，反而让人一口接一口地上了瘾！

- 地址：花莲县玉里镇民权街 15 号（玉里“国小”后门对面）
- 营业时间：傍晚 5:30 至卖完为止
- 怎么去：开车走台 9 线，见民权路指标后转弯，直行约 5 分钟可抵达

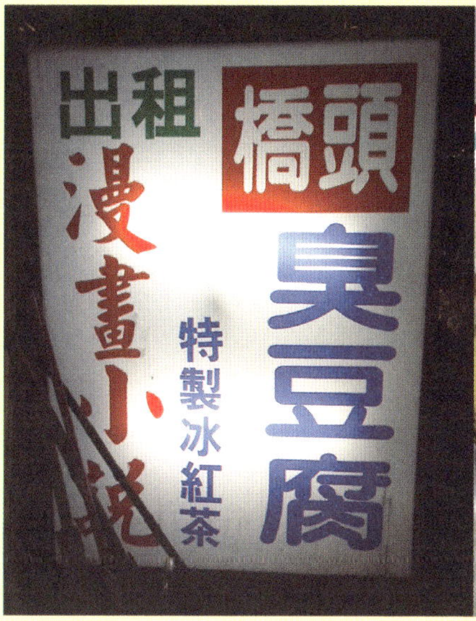

卡　片　教　堂

台东县成功镇的一个迷你小教堂，据说正面是参考一张欧洲教堂的明信片而盖的，限于经费问题，其他三面墙就没有呼应正面视觉了！路过时别忘了下车拍照留念噢！

- 地址：台东县成功镇宜湾路 17 号
- 开放时间：一年四季
- 怎么去：开车走台 11 线，就在 100.5 千米处附近

佳 滨 成 功 旗 鱼

从事鲜鱼批发 40 年的老店已是业界翘楚，近年开始经营冷冻宅配，也开了一家旗鱼咖啡店，招牌菜是旗鱼生鱼片、旗鱼火锅等，还有必尝甜点海鲜蒟蒻。

- 地址：台东县成功镇大同路 65 之 1 号
- 营业时间：9:00-20:00
- 怎么去：开车走台 11 线，至汉口街交叉口，即可抵达

青　山　农　场

太麻里山真不愧是金针山，满山满谷尽是黄澄澄的花蕊，爸爸拍花，女儿赏花，山啊、云啊，都一起，在这花季里共同编织美丽的旅游图画。

◆ 地址：台东县太麻里乡大王村（金针山）佳仑196号

◆ 电话：089-781677、089-782078

◆ 房型：2-5 人房

◆ 价位：$1500-$4000

◆ 其他：住宿含早餐

◆ 官网：www.ching3.com.tw

翁珍圣

与你坐拥一座花山

日升之乡金针花山的召唤

行驶在大武往北的台 9 线上，转出山路，迎面而来的是太平洋大器的蓝色问候，我对着车内后照镜里正在放空发呆的女儿说："你记不记得上次坐车走这一段南回公路时，说肚子痛，头晕晕，结果是晕车，记得吗？"

"不记得了，刚刚不会晕啊。"

"因为这段山路变得比较直、比较宽，不会那么弯来弯去，令人头晕了。"

"爸爸！"

"嗯？"

"这次我们要去哪里？"

"去一个可以看到萤火虫和满天星星的地方。"

"真的吗？有萤火虫，太棒了！"

车子在大鸟的海边凉亭停下来，太平洋真的很美，我们这次旅行的目的地是号称"日出之乡"的太麻里。进入小巧可爱的太麻里市区，找到金萱路，转进去就看到立牌、路标、装置艺术，金针花热热闹闹地欢迎着游客，比夏

天的太阳还热情，果然是人情味浓厚的东部啊！随着产业道路前进，车子不断往上爬升，位置愈来愈高，视野愈来愈好，每个山路的转弯处都有新的风景出现，爸爸专心开车，女儿开心地观赏太平洋与太麻里山共演的美景。

从市区出发二十分钟的上山车程，到了花木扶疏的住宿地点：青山农场。哎呀，好清新的空气，这种山上特有的冷冽，带着芬多精气息的舒适，总是能让人自动开启愉悦的度假心情。

全家人共筑梦想生活的民宿

迎来民宿主人小蔡和淑芬，轻轻一句问候就有种踏实的感觉，美好的假期这就开始喽！

小蔡有两个可爱的儿子，小孩子们可以结伴去玩耍，放牛吃草。老爸我，开车累了，正好午睡一下，享受舒适的环境、干净的布置、舒服的床。“大梦谁先觉？平生我自知。草堂春睡足，窗外日迟迟。”小睡起来，到屋外的平台走走坐坐，午后飘起了山岚，来杯咖啡坐着看山、看云、看花、看人。隔壁座的黄先生说是住在台东市区，早上从台东来，带了本书，喝着咖啡，就在这里消磨清心的一天。青山农场原来是用来采收金针的农场，经过全家三代接续的努力经营，才有了今天这个恰如其分的待客空间，老板坚持要三好一公道：品质好、服务好、信用好，价格公道。很传统，很窝心，这是民宿主人该有的胸襟。

东部是看不到夕阳的，因为中央山脉那么高，早早便把西下的太阳挡住，夜幕来得早，晚餐我们也吃得早。小蔡一家人开始忙里忙外地准备着晚餐，生意真好，从用餐人潮涌入之处就能知道这里有美食，他们从厨房里端出来一道道热腾腾的料理，除了花季才有的现炒金针鲜蕾，还有花季限量版的酥炸金针、金针肉羹、凉拌金针，再加上厨师拿手的水晶油鸡、凉拌山猪皮、香酥溪虾等当地料理，每一道都是民宿主人淑芬和家人亲自动手准备的。美味，就生意好；生意好，食材就新鲜；食材新鲜，料理就越发美味。这晚餐，饱足，连挑嘴的女儿都赞不绝口。

晚餐之后，民宿主人小蔡先生集合大家，一起出发去赏萤火虫，带着手电筒，带着观察箱，孩子们超开心。甜甜的黑夜里，静静的虫鸣鸟叫声做背景，漫天飞舞的火金姑，还能听到小蔡巨细靡遗的生态解说。台湾有数十种的萤火虫，我们会有幸遇到几种？把一些萤火虫放进观察箱里，带着研究分享，然后让孩子亲手将萤火虫放回大自然，有比这个更好的户外教室吗？

在光害少空气好视野广阔的地方，最适合看星星，听小蔡说说星空里夏日大三角，看着激光指向笔为我们指出天鹅座、牛郎织女星。是啊，此刻在我心里，想起的是另一位生命中最重要的女性——在澎湖的母亲。小时候，她是这么跟我说星空的：“你看，天顶的天河，牛郎跟织女分开两旁，牛郎担子在两边，织女抱子伫胸前。”牛郎星旁有两个小亮星，织女星前则有两个小亮星，小时候记住了，到现在都不会忘，每次抬头看夏季大三角，总是想起父母和故乡。这是我的星情，我也悄悄地教给了女儿，星夜下的感恩与想念。

每趟小旅行都是一次绵密的亲子回忆

隔天一早，天还没亮，把孩子轻轻叫起：“宝贝，去看日出。”带着这位睡眼惺忪的宝贝女儿，半背半走地慢慢上到太麻里山的高点，为的是一睹太麻里日出。有着180度全视角的无敌空间感，日光从海平线慢慢涌现，从冷冷的蓝转为温温的红、暖暖的橙，再变成金光，照亮全天，海也美，山也美，天也美，早起是值得的。

“爸爸，日出很好看！”

“所以坚持起床来看是对的。”

“嗯啊！”

晨光里，金针花已经风风火火地开放了，我和女儿决定走着去看花。太麻里山真不愧是金针山，满山满谷，绿葱葱的山景满布黄澄澄的花蕊，爸爸拍花，女儿赏花，山啊、云啊，都一起，在这花季里共同编织美丽的旅游图画。

走到一处凉亭，坐下来，从背袋里拿出开水和零食，父女俩就花赏景。

“女儿啊，走累了，爸爸背你。”

“嗯。”

回程的车子上，女儿说了：“爸爸，我想好我要的奖励了。”

“嗯，是什么？”

“下次放假，你再带我来青山农场玩。”

“好啊，当然好，爸爸也想再来，和你一起，坐拥一座花山。”

太麻里山几乎整年都有花海可以欣赏。春天，沿着赏花步道散步，两旁的樱花盛开，粉粉嫩嫩嫣红一树。接着是杏花，三四月开花，枝头布满红艳花蕊，所谓占尽春意，一点也不假；四五月百合花开时，山头一片纯白花海；五六月有蓝色绣球花可赏；冬季有枫红。

是啊，不同节令遍地开花，白的油桐花、红的洛神花、黄的太阳麻，这是一座喜欢花朵的山！

翁珍圣

经营 LaTour 旅游网 14 年，专心投入分享台湾的美好。

喜爱写作、登山、骑单车、玩棒球、音乐制作。最爱是掌上明珠——十岁的可爱女儿。

最喜欢的一句话是“安得广厦千万间，大庇天下寒士俱欢颜”，也是自己对自己的期许。

开发之作有“就是澎湖”“高山行者”“四时花季”等旅游网站内容。

暖暖冬阳下的
台东小野放

布 农 部 落 休 闲 农 场

冬天，北部寒气逼人，
台东却是风暖日和的最晴天，
抛开厚重的衣物，
在延平连接鹿野乡、龙田一带骑单车、晒冬阳，
享受野放乐的日子再幸福不过了。

- 地址：台东县延平乡桃源村 11 邻 191 号，财团法人布农文教基金会
- 电话：089-561211
- 交通资讯：搭火车到鹿野站，民宿提供接驳服务，需事先预约
- 房型：2-4 人房
- 价位：平日 $1800-$2400
- 其他：园区附设咖啡屋、餐厅等
- 官网：www.bunun.org.tw

文·摄影 / 白志棠

自从多年前第一次来到布农部落休闲农场，寒暑假就一定会安排几天来这儿报到，一方面享受都市难得的清静，一方面也来看看我们家的树。

看看跟着孩子一起长大的树

布农部落成立至今已有二十年，现在是延平乡观光旅游的亮点，因为它的存在，一般人对台东近山的接触，似乎才有了一个据点、一个理由。但早在十多年前，我们一家就造访了草创时期开垦中的布农部落。那一带人迹罕见，入夜后满天星斗，相信我，那是一整片没有光害、星光耀眼的天空。跟着一群布农族的大专生，伴随吉他声和本地居民天生的好嗓音，听歌、说笑、唱歌……就算是第一次见面的人，感情也亲如姐妹弟兄。

后来，通过植树、认养，我们也奉献了一点点的现金，陆续认养了两棵树，上面写着“樟树，白祐诚（祐诚的爸爸送的）”“榕树，白茂呈（茂呈的爸爸送的）”。随着孩子慢慢长大，樟树上的牌子已经高到看不见了，而榕树越来越粗壮，吊绳快爆开了。孩子的成长“方向”似乎也呼应这两棵树，一个高、一个壮！回想当时，其实当父母的只有一个小小的心愿，希望他们不要忘记自己的根和儿时与父母相伴的回忆。

孩子的天堂，大人的归乡

每年寒假台东红叶小巨人杯棒球赛时，这里最高纪录是曾聚集三四十支球队，除了全国各地热爱棒球的大人、小孩前来，一般父母也可以在假期将孩子交给延平乡的好山好水。近年来的文化体验营不仅让孩子有的玩，对大人而言也是一场知性和环境的体验之旅。所以这里不只适合孩子们来野放，更是大人出走的好地方！

爸爸和小孩有寄情球场的队伍，妈妈们在布农部落也是非常惬意，园区内的部落咖啡屋，超过八小时供应咖啡、果汁等饮品，另外园区盖有一座山泉游泳池，让住客享受夏日清泉。园区最有名的表演秀，更是天天上午、下午各一场，用歌声款待远道而来的游客。

这几年，台东的热气球节，让此地成为全台民众热捧的观光亮点，所以六七月延平乡各住宿点都相当火爆。

志工也是一种旅行的选择

去年暑假我们以志工身份在布农部落住了两天、在接待家庭住了四天。白天完成了半天的志工服务，附近有编织的工作室、有棒球垒球可以玩，也正好可以闲逛。

傍晚乡公所举办水上音乐会（就在武陵村出生的歌手王宏恩从小在玩的沟圳），夜晚集合当地耆老和村民，在桃源村“桃源国中”棒球场草地，传唱难得的八部合音，现场寂静，只有歌声的刹那，真的是非常感动！

如果希望更深入地和本地居民做朋友，延平乡有武陵村、红叶村、永康村、鸾山村，各村都已经开始成立接待家庭。

今年我住的接待家庭是“妞娃”胡青春小姐，她是村中的舞蹈妈妈，四十岁出头，已经当阿婆了，先生是板模工人，工伤之后返回延平乡，经济虽然不甚宽裕，但对生活的热爱和乐趣，却比我们这些城市人要潇洒多了。看她帮村子里文化舞蹈团的孩子绑发、化妆、练舞，真的感受到一个大家庭的爱。可爱的胡青春小姐有一双巧手，住家院子的植物生意盎然，照顾得很好。她天一亮就到附近旅社打扫上班，回来后小睡，也会和附近的姐妹淘喝个小酒，聊天唱歌，等晚班时再出门。住在接待家庭，我们发现他们各有故事，却一个比一个懂得生活。

在延平，我的四季玩法

布农族是一个分享的社会，传统中以长者优先，全村分配，这样的精神延续到现在，也没有改变。布农族过年是在五月的射耳季，正是体现“敬天爱人”精神的最好机会。从和祖灵报告这一年来的收获、全村分送猎人们的战利品山猪肉，到闻名遐迩的百人八部合音，无一不是靠团队的力量。加上共享一年一采的低海拔水蜜桃，五月的延平乡很值得一游！接下来夏天开始，全台唯一受得住焚风的凤梨也成熟了，加上热气球节、棒球文化营，本地居民的夏夜风味餐真的是让你开心难忘。乡公所的口号是：“来一位也接待！”

九月十月，秋高气爽，走进红叶步道踩山去，“红叶国小”、红叶棒球文物馆，都在台湾历史上留下非常辉煌的篇章，很值得一访。冬天，北部寒气逼人、冬雨绵绵，台东却是风暖日和的最晴天，抛开厚重的衣物，在延平连接鹿野乡、龙田一带骑单车、晒冬阳，再幸福不过了。

白志棠

BAI ZHI TANG

35岁从电子产业出走，因为爱台湾，转进当地产业的发展，尝试各种不同的创新。

创业7年，现为趣游网的负责人。从民宿订房系统出发，经营民宿国际行销及打工换宿平台等。

最大的心愿，是让世界看到台湾，MIT的定义，从Made in Taiwan变成为Meet in Taiwan。

推荐

私房景点与美食

旅游达人说不去可惜！

阿布丝织布工坊 比砂麓民宿

民宿建筑多用漂流木建构完成。厚重的杉木和布饰让民宿充满一种温暖的质感。阿布丝常常在各个展场或部落活动穿梭，要买他的布包、手作品，可是要抓紧机会。有一次和他联络之后，他说我们喜欢的可以先拿回家，以后再汇款给他就好。

- 地址：台东县延平乡桃源村 9 邻 160-1 号
- 开放时间：8:00-21:00
- 电话：089-561164

红叶少棒纪念馆 & “红叶国小”

红叶少棒纪念馆在台湾棒球历史上留下了不可磨灭的一页。阔别 40 年之后，红叶少棒纪念馆在全村及红叶历届校长、各界人士的努力下，重获台湾地区大赛的冠军，也再一次代表中国台湾参加世界性的棒球比赛。

- 地址：台东县延平乡红叶村红谷路 1 号
- 电话：089-561015
- 开放时间：8:00-17:00

鹿　野　小　馆

老板 Daniel 是曾在美国五星级餐厅服务过的厨师，不久前被朋友邀请回台，并有机会为乡下的小朋友做 pizza。后来决定留在鹿野，借由他对料理及土地的热忱，让大家都可以吃到平价又美味的料理。本店为预约制，不接受点餐，每一次都是惊喜，不妨试试噢！

- 地址：鹿野车站出站直走到省道上的左转转角
- 电话：089-550659、0988-007061
- 营业时间：预约制

慢城花莲小旅行，体验独特旅人滋味

第 一 天

出发！抵达花莲，开始放慢步调。

民宿入住。

向主人拿一份“慢城花莲”地图，开始探索手冲咖啡馆、二手书店、手作杂物小铺，不同风格的主人却有着相同的生活态度。

近晚，骑单车到七星潭海边吹风、捡石头。顺道探访德燕渔场，跟花莲当地人一起观看今日的定置渔网开奖，旗鱼、鲔鱼、曼波鱼……

第 二 天

早起沿佐仓步道散步，远眺花莲市和太平洋，还能一睹清晨战斗机训练时起降的英姿。

搭上慢车，到花莲人的乡下走走。

先往南到卑南遗址的最北端凤林镇，在阿美族人吉拉卡样假日厨房吃午餐，在溪边享用柴火炊煮的野菜汤。

往北抵达丰田小站，到日式建筑五味屋二手商店寻小物，做公益活动，再到如丰琢玉坊，用台湾本土玉磨一个自己用的小玉饰。

下一站到寿丰，造访火车站对面的丰春冰果室，体验以柴火烧制成的甘蔗冰。

▶ 在寿丰火车站前搭乘客运到鲤鱼潭，傍晚前，和花莲人一起来个环潭步道小健走。

第　三　天

▶ 早起到城隍庙口先喝杯钢管红茶或热热的杏仁茶，配上咖啡口味的小西点和新鲜沙拉面包，回味三十年前的老花莲。

▶ 爱书人可选间“慢城花莲”介绍的二手书店，在老房子的角落和店内的小黑狗度过美好阅读时光。

▶ 离别前的伴手礼采购，不再只有曾记麻糬或公正包子。弘宇蛋糕热卖的浓情巧克力蛋糕，或是郭荣市火腿、阿之宝手创馆的漂流木手作，都能延长你对于慢城花莲的赏味期限！

踏进纵谷的玄关，
身心一次饱足的旅行！

第　一　天

出发！抵达纵谷的玄关：寿丰火车站。先来碗丰春冰果室的甘蔗冰，让沁凉的甜滋味一洗都市的尘埃。

民宿入住。

下午拿一份主人绘制的丰田小地图，穿梭日式移民村，寻找古朴的鸟居、日据派出所及“丰里国小”剑道馆。再造访味万田豆腐工厂、江玉宝有机农园，有你听不完的故事，最真实的原生态滋味。

晚餐，走进丰田的私房“灶咖”宜口小吃，一口红烧豆腐配一口纵谷香Q米饭，让白天的美好纵谷时光回味更多。

第　二　天

搭上东部干线，前往纵谷的深处。丰田到池上约两个小时路程，变化无穷的山岚、青山、绿野，洗涤你的心灵。

前往伯朗大道，随兴找棵树，摊开野餐花布，让池上便当里的美味延展到视觉最远处。

下午，登上富里六十石山，午后的云瀑从海岸山脉越岭而下，另一头中央山脉的阳光穿云而出，显现的是180度俯瞰花东纵谷阡陌纵横的绝景。

晚间，回到玉里镇来一段纯朴小镇的美味小吃巡礼：油葱爆香的玉里面、桥头臭豆腐，最后由浓而不稠的阿婆烧仙草收场。

第　三　天

▶ 早晨，沿着长滨行至成功镇的海岸线，走进无人沙滩和以舢板为主的小渔港，如乌石鼻。

▶ 在如欧洲教堂般的迷你卡片教堂拍照留念之后，来到成功渔港这个全台最重要的鱼市，看龙虾、旗鱼、石斑成堆拍卖。最后，再大快朵颐以旗鱼咖啡馆为名的创意料理：旗鱼火锅和海鲜蒟蒻。

▶ 下午，打开花东纵谷和太平洋岸的任意门：玉长隧道，半小时内回到玉里车站。带着充满能量的身、心、灵一块儿回家去！

小旅行路线建议及玩法

原味花东，可以看到萤火虫和满天星星的地方！

第一天

▶ 抵达光复火车站。中餐是离火车站两条街远的晶晶冰铺，点一碗土魠鱼羹加上有卤蛋的卤肉饭，配上光复传统的清冰或花生冰。

▶ 入住马太鞍湿地内的民宿。

▶ 下午，卷起裤管回归童心，冲去溪边享受涌泉的清凉。

▶ 晚餐，在欣绿农园餐厅，点一尾碳烤吴郭鱼、几盘野菜料理、一锅紫米八宝饭，配上私房豆腐乳，可以学习阿美族、客家、闽南人的生活智慧！

▶ 饭后，跟着民宿主人夜访湿地。

第二天

▶ 清晨，在满眼的绿意和海岸山脉的日出中苏醒。

上午，骑着单车，沿途随意欣赏水稻、莲池、芋田的自然风光，或直接挑战花东纵谷景观新据点——大农大富平地森林休闲园区。

中午，预约体验阿美族特有的石头火锅。昨日的鱼笼加上用巴拉告捕鱼法捕上岸的鱼虾，佐以溪底现摘的野菜，汤头鲜甜无比，不用再调味！

离开阿美族的光复，下一站去布农部落。光复站到鹿野站约有一个半小时的车程，沿途是花东纵谷最开阔的稻田和两侧山脉云海。

坐上布农部落的免费接驳车，从鹿野站出发，约有十分钟车程，即可饱览龙田茶园、榄仁树隧道、鹿鸣溪峡谷风光。

入住布农部落休闲农场。拿到咖啡屋兑换券，先来杯饮料，在布农雕刻艺术品环绕中，坐享河阶台地特有的居高临下的河景。

随后漫步到最近的桃源村，拜访拥有世界级景观棒球场的桃源“国中”。最后，在阿布丝织工坊工艺老师的指导下，运用传统织布机 DIY 自己的布农艺术相机背袋或红叶少棒小书包。

晚餐，回到园区，点一份有小杯阿妈的米酒和烤猪肉的风味套餐，微醺中自己成了行走高山的猎人后裔。

餐后，搭乘专车到五分钟车程的红叶峡谷温泉区，来一段满天星空与身心灵的洗涤飨宴吧！

第　三　天

早晨，亨用族人自制的花生米浆、橄榄汁、洛神酱、清炒高丽菜等园区早餐。

十点半，准时在园区的舞台区欣赏布农八部合音天籁。表演者从八岁到八十岁，正是布农族人凡事“一起做、一起分享”的文化展现。

搭乘园区专车前往鹿野车站。上火车前，先在鹿野站前街角的无菜单西式当地食材料理店，体验主厨的一日创意。

▶ 短短四十分钟的火车，就从纵谷青山的鹿野，来到太平洋岸一片蓝的太麻里。

▶ 搭车直上金针山，抵达海拔 800 米的青山农场！

▶ 午后的山岚云雾中，或来杯咖啡，或随着主人进入农场秘境。一年四季依序有樱花、杏花、百合、绣球、金针、枫红等，全都现身花径。

▶ 晚餐，享受农场主人家亲自准备的金针料理：水晶油鸡、金针肉羹、凉拌山猪皮等，都是平凡却实在的美味！

▶ 夜间，年轻主人以激光笔指引天上的星座，一一清晰成形。此刻，只想静静感受与星星如此接近的幸福！

第　四　天

▶ 今天，比太阳还要早起。沿着步道来到太麻里山的观景凉亭，等待日出，从一百八十度视野的地平线或云海中慢慢涌出，千姿百态，如诗如画。

▶ 早餐后，慢慢地回程下山，或顺游最美丽的金峰乡多良车站及向阳木工坊，或顺道造访太麻里站附近的排湾族艺术家的木工家具，以及部落妈妈们组成的原爱布工坊。

▶ 带着满满的爱心和独一无二的纪念品回程！

民宿，有专属于自己的品位，从建筑设计、内部装潢、硬体摆设、待客方式到经营氛围，无一不是民宿主人经年累月亲手打造出来的，为的是一份理想与事业，一个打造舒适空间的理想，一份可以服务四方旅人的事业。

有很多好民宿，在宜兰。

宜兰，因道路的开通及地利之便，俨然成为台湾北部度假的天堂。从台北开车一个小时便可到达，公共运输，搭乘火车更是便捷，客运皆可从台北直达礁溪、宜兰、罗东，不管是一日游、二日游、三日游，都很便利。

到宜兰，可以泡温泉，有礁溪温泉、苏澳冷泉；可以赏鸟赏花，有无尾港水鸟、北成庄荷花；可以看水看山，有冬山河、梅花湖、太平山；可以大啖美食，有宜兰夜市、罗东夜市，有员山米粉、三星葱、上将梨；可以买名产，有金枣、蜜饯、牛舌饼、鸭赏、胆肝、花生糖、羊羹。

还有一个重点，可以逛博物馆。说起宜兰的博物馆，那真是可观，有河东堂狮子博物馆、仰山文教基金会、菌宝贝博物馆、珍珠社区稻草工艺馆、北关螃蟹博物馆、台湾戏剧馆、宜兰县自然史教育馆、冬山风筝馆、兰阳博物馆、宜兰县史馆、陈忠藏美术馆、无尾港水鸟保护区、大埔渔村生活馆、树木教育农场、泰雅生活馆、珊瑚法界艺术馆、橘之乡蜜饯形象馆、养蜂人家蜂采馆、罗东二十四节气馆、白米木屐村、碧霞宫岳武穆王文史馆、慈林纪念馆、养鸭研究成果展示馆、三星青葱文化馆、甲子兰酒文物馆、“学进国小校园采风馆”、北成庄荷花形象馆、碧涵轩帝雉生态馆、宜兰设治纪念馆、二结庄生活文化馆、吕美丽精雕艺术馆。

大大小小形形色色共三十一间，都那么丰富有趣，而最佳的安排探访的方式，当然是入住宜兰当地的民宿，尽享地利之便，畅游景点。

住进来，让这群在宜兰努力打拼的民宿主人，和你分享兰阳平原之美。

PART 4

当地生活

北部

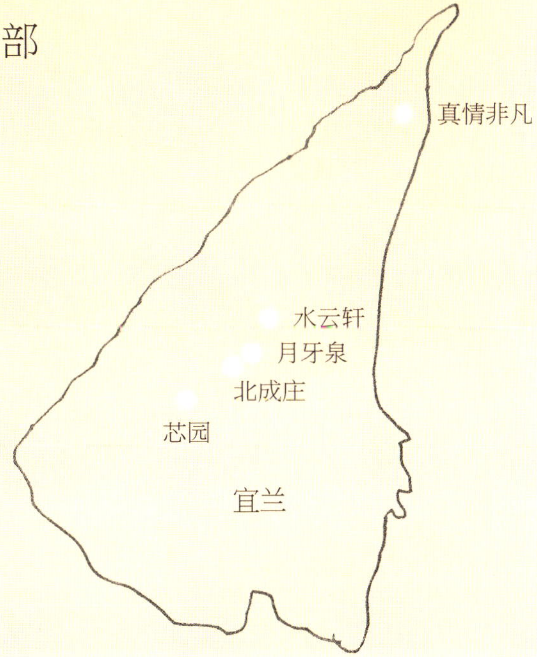

DB

满足五感享受的丰富之旅

真情非凡行馆

幸福离我们看似遥远，
好在有他们，
用心地打造了这样美好的空间，
让我们与幸福如此接近。

- 地址：宜兰县头城镇滨海路二段70号
- 电话：03-9773523
- 房型：2-6人房
- 价位：平日 \$3600-\$12000
- 网络服务：无线网络
- 其他：住宿附早餐、迎宾茶点，付费晚餐请提早预订
- 官网：www.sealuv.com.tw

文 / 林慈敏

摄影 / 金益健、林慈敏、涂姿宇

来这趟旅行之前，想到宜兰头城，除了老街与抢孤[1]活动之外，其实印象相当模糊。因此当听说有一家口碑绝佳的民宿就位于头城，我着实感到好奇。

造访的那天阴雨绵绵又稍有寒意，游兴多少减了几分。不过一见到热情的民宿主人吴大哥，心情也随之雀跃起来。一声亲切的招呼、一张真诚的笑脸，就能瞬间温暖旅人的心。人，果真是旅途中快乐与否的关键啊！

享受独一无二的海滩，近在咫尺

一走进民宿房间，宽阔、具通透性的空间配置，一眼即可眺望宜兰独有的龟山岛海景，让我们忍不住发出“Wow”的赞叹。我们好整以暇地放下行李，享用民宿准备的精致下午茶点，一边慢慢欣赏房内的细心设计：家具、摆设是根据房间所设定的主题氛围特别定制的，连地砖、浴室墙面使用的石材，质感与色泽都格外温润厚实。在屋内即可听见微微的浪涛声，不自觉地走向宽敞的阳台，躺到躺椅上，眼前就是全景海景，海风轻吹，清新空气扑鼻而来，才发现，雨中的海反而有一种静谧之美，较之阳光灿烂下的海，更能令人沉淀、放松下来。

1 一种庙会活动。台湾部分地区会在“中元节”后，将祭祀的供品提供给民众抢夺，称为“抢孤”。人们相信成功抢孤的人，能一帆风顺、满载而归。

真情非凡

一夜好眠之后，第二天一早决定趁着下雨空当到海滩走走。民宿面对的这片沙滩，其实是乌石港改建之后海沙淤积形成的，因此坡度很缓，水深处离陆地相当远，海滩宽广。虽然沙是黑色的，但干净细致，赤脚踩在上面格外舒服。另外，由于这里海浪较浅，非常适合冲浪初学者，这天虽然气温偏低，仍有许多冲浪客在海中小试身手。我们在沙滩上一边踩着碎浪漫步，一边听着吴大哥聊着经营民宿的小故事，以及头城的风土民情、自然环境之美，才知道，这片沙滩是少数可同时看见沙岸与岩岸景致的地点。望着这片山海美景，不由得心想，幸福离我们看似遥远，却也近在眼前，只看我们是否愿意打开五感去感受。

追溯食材来源的丰富渔港之旅

早就耳闻真情非凡行馆的餐点令人惊艳，此行当然不容错过。但民宿提供的渔港导览套装行程更吸引我，对我来说，亲眼看见自己吃的东西是从哪里来的，有一种追溯源头的真实魅力。于是在民宿店长黄大哥的带路下，我们前往他们平日采买海鲜食材的大溪渔港一游。

宜兰大溪渔港的鱼货，可是全台闻名的，常有台湾中部的餐厅业者远道前来挑选，主要的原因便是鱼货种类多、新鲜肥美，还有许多高级鱼种，且价格便宜。曾在渔港制冰场工作的黄大哥，对鱼的种类如数家珍，还告诉我们挑选鱼货的小窍门。通过他的解说，我们也对鱼货拍卖市场里的运作、交易方式有了粗浅的认识。我们抵达的时间正逢渔船进港卸货、拍卖市场开拍，整个渔港显得忙碌而充满活力，看着一批批活跳跳的渔货被渔民们快速利落地送进拍卖场，经过分类、称重，整批或分成一小堆一小堆，等待买主的青睐，或拍卖官前来主持拍卖。一切过程看似闹哄哄，其实有着外人不知的成文或不成文的规则，相当有趣。

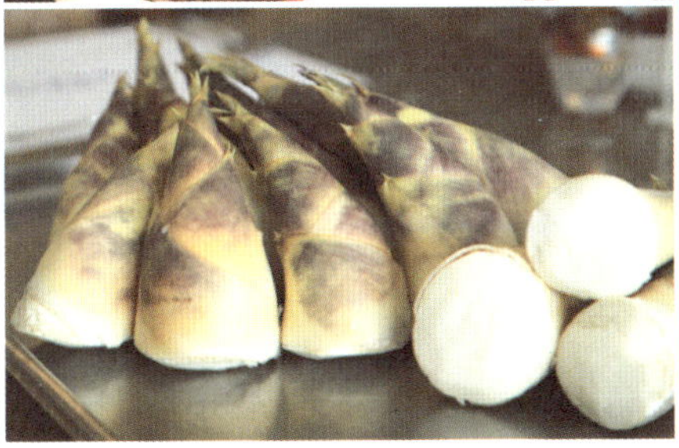

令人感动的丰盛餐点，背后有当地人的用心与坚持

参观过渔港，再享用民宿的晚餐，果然格外亲切。每一道菜都是选用当地的新鲜食材，因此不需过多调味与处理就非常可口，每一口都吃得到食材最天然原始的滋味，身体都感觉得到食物本身所富含的能量，那是一种难以言喻、全身心的满足感。

我们边吃边想着吴大哥介绍过的食材故事：香菇是选用如今产量稀少的段木香菇；猪肉是当地黑毛猪（是吃素的噢），他还亲自到饲养场确定环境是否卫生；酱油则是来自宜兰一家古老的手工酱油厂，他们的酱油只能在端午到秋分的期间酿造，用的是纯净无污染的山泉水……

还有吴大哥为找到呈现这些食材美味的最佳方式，经历无数次尝试才开发出这套餐点。这一切的用心都让我们心中升起由衷的感动：要有多少人的努力与坚持，我们才能享用如此美味的一餐！

这次的小旅行，让我们带回了满满的惊喜与感动，我们既得到彻底的放松，又享受了美景与美食，还认识了过去从不知道的头城之美与当地特色。可以确定的是，这个以往不会特别为它停留的地方，未来我们一定会为它专程而来，当然一定也包括真情非凡行馆喽！

林慈敏
LIN
CI
MIN

最喜欢与人分享美好的人、事、物，曾参与编辑或选书的作品有：小野、陈升、郑华娟、齐柏林的作品，以及《Good Luck：当幸运来敲门》《风之影》《龙纹身的女孩》《别相信任何人》等书。现任圆神出版主编。

推荐

私房景点与美食

不去可惜噢！

民宿至兰阳博物馆的散步步道

从民宿前的海岸步道，可一路散步至乌石港旧址。这里的海风没有腥味，走到堤防上回望海滩，可欣赏冲浪客们冲浪的英姿。若逢油桐花开时节，则可见远方山上漫山的桐花。不远处就是兰阳博物馆，馆旁还有舒适的环湖步道。傍晚时分走一趟，非常惬意。

大溪渔港

每天下午两点半左右是渔船陆续进港的时间，此时造访鱼货拍卖市场，

可看到大量渔获被送上岸，分类称重后，一堆堆放在地上待价而沽，来自各地的鱼贩立刻聚集，相中所需的新鲜渔获后，开始参与激烈的竞价，场面非常热闹。

- 地址：宜兰县头城镇滨海路五段 63 号
- 营业时间：每日下午 2:00 左右至天黑
- 怎么去：开车走北部滨海公路至大溪，即可抵达

飞　行　伞　基　地

可别主观认为既然不想尝试飞行伞，又何必要去飞行伞基地。其实，那是眺望整个外澳海岸线的绝佳地点。180 度的宽广视野，左边可见层峦叠翠，右边则是一路延伸到苏澳的海岸，绝对令你惊艳！

- 地址：宜兰县头城镇滨海路一段 223 号
- 电话：0935-181191
- 营业时间：春、夏、秋季，每天
- 怎么去：开车走北部滨海公路，见接天宫标识转入，再循飞行伞基地路标可达

龙　记　牛　肉　面　店

这是吴大哥推荐头城镇上必吃的餐点，店面就位于头城火车站附近，每天上午 11:10 开始营业。光是走进店里，店内弥漫的香味就令人垂涎三尺。他们的牛三宝、牛筋与筋肉面，更是热门，通常开店一个多小时就会卖完，店门口的排队长龙永远都在，想一尝美味的人可得趁早。

- 地址：宜兰县头城镇缵祥路 38 号
- 电话：03-9777377
- 营业时间：上午 11:10 至卖完为止

头　城　镇　上　老　面　店

这家位于头城沙成路上的老面店，是吴大哥从小吃到大的老店。一碗看似阳春的干面，味道却十分香浓，配上同样炖煮入味的各式排骨汤，以及可

口的宜兰地方小菜，便是满意又实惠的一餐。

- 地址：宜兰县头城镇沙成路 71 号
- 营业时间：每日中午至晚上用餐时间

53度的浓醇记忆

月 牙 泉 度 假 行 馆

放心把自己交给罗东小镇吧。
抛开周身的压力，
不设限、放空空，
来趟随兴之旅。
要不如此，
我们大概不会知道53度高粱的好滋味。

- 地址：宜兰县罗东镇北投街221号
- 电话：03-9613629、0922-023797
- 房型：2-4人房
- 价位：$3500-$4980（包栋14人以下$20460）
- 网络服务：无线网络
- 其他：住宿含早餐、迎宾下午茶，付费导览请提早预订
- 官网：www.yueyaquan.com.tw

文 / 庄淑涵 摄影 / 林煜帏

月牙泉

来宜兰的人，总能将自己安稳地交出去，仿佛只要闻到这里的空气，心情就可以重新归零。雪隧好比一条时空隧道，“咻”地一下就能把烦闷抛在熙攘的一端。然而我们却发现，自己始终保持礼貌的距离看宜兰，似乎担心过多涉入会破坏这一份和谐。直到遇见月牙泉，我们才算真的认识宜兰。

立正敬礼，馆主好！

矗立在田野间的雅致建筑，没有过多的喧扰装饰，只有一份恬静的自在。正当视线还舍不得离开一片绿油时，耳边传来了急返家门的机车声、欢喜雀跃的狗吠声，接着就是一阵爽朗的笑声，主人回家了。

早就是全台湾走透透的民宿主人李昭宏大哥，曾当过兵，在花莲服役时期，为了让外县市的弟兄们休假时能找到休憩的好地方，于是热心规划行程，成立了部队第一个专业旅游资讯网站，也悄悄埋下日后转业投入休闲旅游产业的一颗种子。

退役后的李大哥，在太太的故乡罗东，打造了一个属于自己，也属于旅人的家。屋里干净明亮又温馨，再加上狗狗“UNI”“QLO”的陪伴与守护，让人尚未踏进大门，就已感受到满溢的人情味。

骑着脚踏车，偷偷看罗东人在做什么

月牙泉周边满布了莲池与稻田，我们骑着脚踏车悠闲“巡田”，跟着帅气的向导“UNI”“QLO”拜访有意思的邻居。最先引起我们注意的，是路旁有人蹲在亭子里洗洗涮涮。一靠近才发现，是位正在洗衣的阿姨。原来，月牙泉一带有源源不绝的涌泉，即使机器再怎么万能，大家还是习惯来这里洗衣，仿佛泉水就是最好的柔顺剂，保证衣服洁白又清香。

一路上，好动的向导不时分心，甚至还奋不顾身地跳水追鸟，追着追着，竟追到住在水田边的艺术家。侨居台湾的香港艺术家阿波老师，在水田边有个陶艺工作室，其大大小小的陶艺作品，与植物相结合，在童趣中感受到他亲近自然的一颗心。问他为何选择在宜兰落脚，他只是腼腆地笑说：“就是喜欢这里呀！”

真的，喜欢不用理由，从罗东人的从容态度，即可感受他们安静地做自己的坚持。记得市区有一家老字号的传统豆花摊，当我们拿起照相机想记录老板的认真模样时，他随即挥挥手，告诉我们觉得豆花好吃就好，别费事为他宣传。看着他一碗碗地舀着豆花的虔诚模样，仿佛已打定主意，这辈子只要为大家保留传统好手艺就已足够。

滋润人心的深夜食堂

夜里，房客们齐聚在月牙泉的饭厅，聊得好不开心。来自新加坡的夫妻喜欢到菜市场里探险，直说台湾水果一级棒；另一对新加坡的年轻情侣则对夜市美食赞不绝口；而来自台湾中部地区的一家人则是来探望长辈，顺道来趟家族旅游。大家热络地聊着旅游趣事，李大哥遂拿出私藏的53度纪念版金门高粱酒，要我们开开“食界”。

53
金門高粱

听到要喝高粱酒，我心中一惊：这不是酒中豪杰喝的吗？我们这几只三脚猫光是喝杯红酒，脸就比酒红了，高粱酒下肚，不就白惨惨了吗？没想到饮后惊为天人！以为呛辣的高粱酒应该是一杯醉，结果非但三杯不醉，还愈喝愈舒服，口齿尽是浓醇酒香。在虫鸣、佳肴、美酒、欢笑声不断的夜里，听着大家彼此分享的人生故事，月牙泉化身成滋润人心的深夜食堂。

山大王在此，游客请让让

早就是热门观光景点的林美石磐步道，如果又是假日来访，实在很难悠闲享受山中的清静。幸好有个叫作“时光门”的法宝，保证让游客闪边站，自己可以摇摇摆摆做个山大王。

说穿了，时光门就是避开游客人潮。在前往林美石磐的路上，李大哥建

议我们先在路上买刚出炉的包子，接着 11 点半入山。通常这是一般旅客的午餐时段，因此山中也静谧许多。一行人好整以暇，慢慢地走到瀑布区，坐在大石头上，光着脚丫泡溪水，大口呼吸芬多精。噢！还有微热的包子正准备填饱开始咕噜作响的肚子呢。待休息足够后，大伙才不疾不徐地走下山。看见迎面而来的午后人潮，真不禁为刚刚的小小宁静感到无比满足。

旅行，不就为了找回简单的自己吗？如果因为周边的繁忙工作很难好好规划小旅行，就顺着自己的心意，与一路上的可爱人们结缘吧。没有太多的旅行计划，才能有意外的收获。告别月牙泉，以及那 53 度的浓情，着实令人不舍。此刻，美好的回忆正如涌泉般翻腾上心头。多希望在自己的城市里，能够常有这种不期而遇的温暖惊喜。

庄淑涵
ZHUANG SHU HAN

原本读的是不食人间烟火的冷门砖头书，来到圆神后，被吴念真导演一句“雅俗共赏才是真功夫”所震撼。正努力朝这个方向前进中（虽偶有人格分裂之虞）。

推荐

私房景点与美食

小黑说
这里最赞！

林美石磐步道

位于礁溪乡林美村，附近坐落佛光、淡江大学。步道相当好走，遍览溪流、瀑布、峡谷，适合全家大小健步行。

● 咨询电话：03-9889041

陈万枝红豆汤

位于罗东夜市附近，已是当地人的老朋友。建议坐在里头喝一碗，闻着传来的阵阵香味，看着小汤圆在滚水上奔跑，正宗的幸福好滋味。

- 地址：宜兰县罗东镇中山路三段 180 号
- 营业时间：09:00–22:00

龙　潭　包　子　店

若要前往林美石磐，可以先在这里买热乎乎的包子，为美好的野餐行程做准备。

- 地址：宜兰县礁溪乡大坡路 118 号（龙潭派出所旁）
- 电话：03–9285891、9281419
- 营业时间：周一至周五 04:00–11:00，周末 04:00–17:00，周三不营业

美　粉　圆　米　粉　羹

红薯熬成的浓稠米粉羹，满满的料，淋上黑醋之后，保证让你还想来一碗。古法熬成的粉圆汤令人惊艳，甜而不腻，Q弹咕溜。30 年老字号店铺，隐身在窄巷尾，只有当地人才找得到。心动的朋友一定要早，因为这里常常下午两点多就卖光了。

- 地址：宜兰县罗东镇南门路 37 号
- 电话：03–9540406

用手感体验城市的脉动

北成庄莲花荷畔度假民宿

想到罗东，
多数人的印象往往停留在“罗东夜市”。
难得有个当地人可以带我们一窥属于宜兰人生活最繁华的城镇，
让我们对这趟旅程开始有了不一样的想象空间……

- 地址：宜兰县罗东镇北成路二段 135 巷 55 号
- 电话：03-9611229、0953-298267
- 房型：2-4 人房
- 价位：$2100-$5800
- 网络服务：无线网络
- 其他：住宿含早餐；民宿提供脚踏车免费使用
- 官网：www.wobo.com.tw

文 / 涂姿宇　摄影 / 吴家蓁

我家庭院就是荷花池

当车子驶进罗东北成路后，满目的民宿招牌随即映入眼帘，像是在急于向路过的旅客招手，召唤他们来探访房子背后那些动人的故事。我们正兴奋地讨论着每间房子的特色时，车子一个转弯，所有人都安静了！每个人脸上都露出惊讶与赞叹的表情：好美！好漂亮的荷花池！

还没回过神，便停车了，原来，这里就是我们要入住的民宿——北成庄。

进入民宿后不见其他人，虽然感到疑惑，却也只能稍待片刻。但望着盛开的荷花池，让人不自觉地放松了不少。这儿三不五时会看到有人进出，原以为是来此住宿的旅客，后来才发现其实都是因为花美进来赏花的路人，但也有人是特地来这儿拍照的。这里，与其说是民宿，反而更像是个开放的小公园，让人完全没有距离感。过了几分钟，看到民宿主人陈大哥匆匆地自外头回来，原来是临时有事去帮朋友忙，才回来晚了。

说起这片荷花池，可是陈大哥的骄傲，当初是他陆续从台南白河引进荷

花种植，积极在当地推广赏荷，发展到现在可算是宜兰最集中的荷花专业区。陈大哥也将荷花的附加价值提升到最大，在接下来的几天生活中，处处都是荷花的身影。

千变万化的荷花手作课程

陈大哥看我们对荷花池如此着迷，便为我们做起了专业的生态导览。第一次这么近距离看荷花，一直以为温和的荷叶，原来它和玫瑰一样是带刺的，这也算是温柔中的强悍吧！如果你有机会来到这儿，一定要请陈大哥示范什么叫“大珠小珠落玉盘”，看着水珠在两个荷叶间滚动，童心都会被勾动出来呢！

陈大哥带着我们一人摘了一朵荷花，回屋里学着酿“荷花酒”，看似简单的步骤，却满载着每个人的小小期待，这瓶酒得再等上半年才能饮用，在这半年间酒与荷花的化学变化，让人不免想为它们编织起故事来。这几天的早餐中一道道荷花入菜的特别料理，也让人忍不住吞口水呢！

做完了荷花酒，转战到另一个工作室学做“荷叶手抄纸”，我们用手去混浆、筛网、收水……一步步让纸张成形的过程，有种回到古时候那种凡事自己来的踏实感。由于纯手工，所以每一张纸的厚薄、色泽都是独一无二的，这个过程中让纸张有了温度，也让人们更加懂得珍惜每一张得来不易的纸。

一张手抄纸的功能可大了，可以做装饰品的包装、做灯罩、做书套……只要你用心寻找，将会在北成庄里找到许多手抄纸演变出来的物品噢！

用手感体验城市的脉动

仔细观察会发现，宜兰人对于自己身为宜兰人都有种骄傲感！展现出来

釀

的是他们对这城市、这土地与自己的自信。这份自信除了从小的教育，我想最主要还是来自于他们所做的每一件事，都是自己一手打造出来的。

位于忠义巷巷口的“巴塔维亚咖啡”，是陈大哥一家人最爱买面包的地方，这间店最厉害的是手工窑烤面包，陈大哥每次来总是带上三五个手掌一般大的面包回家，店长杨大毅原是在一间连锁意大利面包坊工作，但为了给客人更好的食物，省下了装潢，而开了这间转角的小店面。每一个面团都是他自己一次次用心揉制的，对他而言，手与面团之间的亲密关系是带给客人幸福感最重要的来源！

罗东夜市立体停车场旁有一卖“烧烤甘蔗汁”的摊，小小一个摊车，总能看到康阿伯一个人忙这忙那的身影，细看才知道，和旁边也被称为“烧烤甘蔗汁”的摊车不同的是，每一根甘蔗阿伯都坚持自己用手翻转，如同他的招牌写的“100%传统手工”。康阿伯对于自己摊子的骄傲之情溢于言表，他边翻滚着甘蔗边自信地说：“兰阳卖甘蔗汁最好喝的就是我，除了台风天外，

我都是不休息的！我休息一天，全宜兰人都要烦恼喽！”冲着这样费工的手法，怎能不捧场一下！康阿伯听出我略微感冒的嗓子，立马教我如何用他的甘蔗汁舒缓，这样的贴心与热情让我嘴角不自觉上扬。

看着陈大哥的好友们一点一滴地用双手打造出自己的梦与坚持，总也想用双手为这趟旅程留下点什么，除了拍照，我们能做些什么来创造出不一样的记忆呢？

最后离开的那天，我们一行人在罗东运动公园发现了满地的木棉，引起了我们的玩心，孩子气般地在草地上用木棉排起字来，单纯地开怀地笑着，不在意路人对这三个大人质疑的眼光，只专注于如何让我们手中的木棉绽放开来……这一刻，似乎回到了那个相信彼得潘真实存在的纯真童年……

你呢？这趟旅行想创造出什么属于你的特殊回忆？

涂姿宇
TU
ZI
YU

旅行，何必远行！随处闲晃，放心迈步向前。

纵然是每天必经之路，仔细观察，也总能有新发现。生活中的小确幸，油然而生。

玩　出　你　的　特　色　小　旅　行

现在许多人会为自己的宠物开设粉丝专页，不时向全世界公告自己小宝贝的状态。拍人拍风景都拍无聊了吗？带个你喜爱的玩偶，走到哪儿为它拍到哪儿，更可以为它编故事，写作另类的旅游纪实，也多了个伴一起完成每一次的旅程。这次陪我们一起玩耍的是，改编自吴念真导演小时候的故事《八岁一个人去旅行》的主角阿钦。

藏　之　田　料　理　屋

夜市附近的藏之田料理屋，有着当日现捕的最新鲜的食材，只要说出你的预算，老板都能为你送上最经济又实惠的一餐！一进门很容易被不苟言笑

的老板吓到，心里不禁想问：“老板你是黑道老大退休的吗？”但聊开后就会发现老板爱台湾的心比任何人都强烈，还会和我们一起呼口号呢！

- 地址：宜兰县罗东镇民权路 185 号
- 电话：03-9559586
- 营业时间：11:00-14:00，17:00-21:00

巴　塔　维　亚　咖　啡

店内卖咖啡也卖意式料理（炖饭、意大利面、窑烤比萨），其中最厉害的是窑烤面包，老板最推荐爆浆卡士达面包，一定要现吃，面皮Q弹的口感，还有满满馅料在嘴里化开，真是奇妙好滋味啊！

- 地址：宜兰县罗东镇中山西街 125 巷 3 号（兴东路与忠义巷交接处）
- 电话：03-9548933
- 营业时间：10:00-21:00，周二不营业

安　平　窑　烤　比　萨

店门外红色墙面的显眼造型总让人忍不住多看上一眼！老板坚持选用当地食材，而且每天经他亲自挑选，通过他的严格筛选，才能上桌变成美味的食物。皮薄馅多，每一口都是大大的满足！这里也提供客人自己 DIY 比萨，饼皮造型任你玩，吃在嘴里也会特别有成就感。

◆ 地址：宜兰县罗东镇中正北路82巷1号

◆ 电话：03-5960503

◆ 营业时间：10:30-21:00

牛 车 体 蜜 饯 文 化 村

走进文化村像走进时光隧道与海底世界，每一面墙都被不同的贝壳给贴满了各式图样，连进洗手间的小走廊都播放着海浪声，会有置身在海洋的错觉；而另一区却又放着农家古时使用的器具，户外的天花板更是贴满了古早时的碗具，象征老板不忘本的个性。想买蜜饯，那可就一定要来这儿走走，除了特色的布置让人惊艳外，没有你想得到却找不到的蜜饯噢！

◆ 地址：宜兰县冬山乡柯林村安农八路52号

◆ 电话：03-9573157

◆ 营业时间：9:00-18:00，每月最后一个周三不营业

田园河畔，
绿意拥抱下的
秘境

水　云　轩

每次穿越长长的雪山隧道，
就仿佛进入时光长廊。
出口迎来满眼的绿意，
久违的开阔视野，
让习惯都市水泥丛林的双眼顿时闪闪发亮！

- 地址：宜兰县五结乡亲河路一段 180 巷 72 弄 11 号
  （冬山河畔邻近利泽简桥头）
- 电话：0963-032760
- 联系人：林先生
- 房型：2-4 人房
- 价位：2 人房 / $3000-$3600；4 人房 / $4200-$5200；
  多人房 / $5000 起价
- 其他：住宿含早餐；可携带宠物入住
- 官网：www.water-villa.com.tw

文 · 摄影 / 陈彩苹

很难想象不远处竟是游客如织的亲水公园，这儿占尽地利、交通之便，不用舟车劳顿就能坐拥难得的静谧。放下行李，倚坐在河畔木亭，望着眼前的冬山河旧河道，心里已经有不虚此行的满足。

/ 微风轻拂的夏日午后 /

自己是乡下长大的孩子，虽然求学、就业、成家后一直落脚大都市，心情上却始终难忘绿色的童年、小镇古朴的人情味。宜兰对我来说，成为另一个温暖基地，有各式童玩和农家体验，是我的怀旧，也是孩子体验新奇的童年！

看着孩子在屋内、屋外奔跑嬉闹，一会儿像发现新大陆般竞相寻着落叶中藏着的种子，不一会儿又因为眼前意外冒出的小昆虫连声惊呼，对着细丝网上荡秋千的蜘蛛“哇哇”叫。

探险归来，小女生躲在角落的摇椅低语谈心。大人忍不住窃笑，这儿的“原始”真是恰到好处啊！能够让孩子感受探索自然的乐趣，又不至于把都市小孩吓跑！

更棒的是，跳脱日常的节奏，亲子关系好像也轻松起来。暂时忘却上学日鸡飞狗跳的早晨，在阳光微微穿透的凉爽树荫下，享用着女主人亲手烹煮的清粥小菜，餐后再来一杯特调咖啡、一盘当季新鲜水果，坐在河边让思绪放空！

/ 骑上铁马、搭乘鸭母船，感受自在慢游 /

这儿邻近冬山河，两岸规划了完善舒适的自行车专用道，可以远征三十千米。难怪主人林大哥骄傲地说：“台湾最美的水岸自行车道就在我们家旁边了！”

民宿贴心准备自行车让客人随时上路，迎风体验水岸的沿途景色，累了还能就近在亲水公园、传统艺术中心等地歇脚休憩。

搭乘昔日赶鸭用的鸭母船，游旧河道是另一种慢游体验，河道上散落的布袋莲、水芙蓉随波翩舞，增添几分风情，就连民宿的爱犬拉拉都忍不住跳下水伴游一程。

民宿主人林大哥亲自撑篙，带领我们感受独特的小河文明，看来轻巧熟练的动作，其实是累积了几十年的丰富经验。短短二十几分钟的航程，即抵达至今少数仍保存噶玛兰文化的流流社现址，里头种有代表族人精神象征的大叶山榄。

为了让孩子们对平埔族的文化有更多认识，我们事前联络了冬山河产业发展协会，报名参观噶玛兰文物展示馆。立意推广当地文化，协会提供的导览全是免费服务，但这些社会课本里面学不到的知识，收获却是无价。

走访农家传统特色产业，体验手作乐趣

宜兰好玩的体验活动实在太多了，行走前特地和孩子商量，最后选了下田采收三星葱，学会洗葱的撇步，自己动手揉面团制作葱油饼。如此一来，鼎鼎有名的宜兰三星葱，咬在嘴边，才吃出地道滋味。

拜访玉兔铅笔学校，通过大姐姐、大哥哥带领，观摩有趣的制作流程。从此之后，握在手上的铅笔不再只是工具，而是有故事的作品。

走进茶园，戴上斗笠，感受采茶姑娘的辛劳，亲自参与烘焙制茶的每一个步骤，这才知道原来浓郁茶香里，是多少人付出心力后的甘甜。玩累了，嘴馋想尝尝绿茶麻糬，自己动手更有成就感！

/ 充电后，带着饱满的元气迎接新的开始！ /

游罢归来，孩子们意犹未尽，陪玩一天的大人则是气力用尽。坐在河岸小亭喘息，看着水波上的木船晃啊晃的，似乎有疗愈神效，全身疲劳的感觉慢慢消失。

端上一杯咖啡，民宿主人林大哥凑过来跟大家闲聊。我们瞧见摆在屋檐下的木工器具，诧异他居然会盖房子的绝活，放眼望去，一间间各有特色的木屋楼房，全都出自他的巧手。

原本当公务员的他，在十几年前告别稳定的职场，开始筑梦，夫妻两人自己施工盖度假小木屋，一圆在河岸开设民宿的梦想。作风朴实的他，希望为客人打造出兼具自然和舒适的居住环境，这儿也成为许多旅人拜访宜兰的身心歇脚处。

看林大哥眉飞色舞地描述植树、净水、整治旧河道，未来修建小木屋的蓝图，他的梦想始终是进行时。聊着聊着，我们也感染了他的活力，感受他的梦想，小旅行充电之后，准备带着饱满的元气迎接新的开始！

陈彩苹
CHEN
CAI
PING

从事文字工作十余年，热爱阅读。阅读文字，阅读电影，阅读旅行中的人、事、物！

喜欢用心、用文字和镜头留下每一次与人、与自然交流的感动。反刍青春、享受中年是当下自己对生活的期许！

罗 东 林 业 文 化 园 区

若不是亲身踏入这里，绝对不会相信在热闹的罗东镇上，竟然有占地约20公顷的绿地和生态池。园内不但保留了难得一见的森林铁道轨迹，还沿着贮水池搭建临水木栈道，供游客散步赏鸟。充满复古风情的旧车站、老宿舍群，每个角落都让人流连驻足。

- 地址：宜兰县罗东镇中山北路118号
- 电话：03-9545114
- 开放时间：6:00-19:00（免门票）

金 记 鹅 肉

每次客人游玩归来向民宿主人求教，附近哪儿有好吃的啊？林大哥总是推荐这家快炒店，炒饭炒面配上口感超优的鹅肉，再来几盘热炒，绝对令你大满足！

- 地址：宜兰县五结乡协和村亲河路一段128号（冬山河畔邻近利泽简桥头）

◆ 电话：03-9503899

◆ 营业时间：10:30–21:00

林场肉羹

拥有50年历史，宜兰人尚爱的古早味！从早餐时段开始就大排长龙。分量足，猪肉块先裹上粉，下锅煮了再加进勾芡的浓汤，除了能吃到肉的嚼劲，入口还带些微甜。

◆ 地址：宜兰县罗东镇中正北路109号（罗东林业文化园区对面）

◆ 电话：03-9552736

◆ 营业时间：07:00–18:00，假日不休，每月休两日（休假时间不定，最好来之前事先电话询问）

本 地 居 民 文 化 + 手 作 体 验

借着旅游，让孩子多跟土地亲近接触，对传统文化和产业进行实地了解。在学校之外的无形教室，还有很多好玩的东西可以探索呢！

1. 冬山河产业发展协会：林小姐，0919—901968。参观噶玛兰文物展示馆，门票、导览皆免费，但需事先预约（鸭母船费用另计）；

2. 葱仔寮体验农场：李先生，0937-995104。含采葱、洗葱、葱油饼 DIY / 每位 150 元；

3. 玉兔铅笔学校：03-9653670，含导览 +DIY / 每位 150 元；

4. 馨山茶园：赵小姐，0918-221201，绿茶麻糬 DIY / 每位 180 元；

5. 绿野茶园：李先生，0919-225618，采茶、制茶、品茶 / 每位 180 元。

前往从此幸福快乐的梦中城堡

芯园

这是从来没有过的旅行“三人组”，
这次，
PINKY 母女与少女心姐妹（我是妈妈，同时也是姐姐），
三个女生圆了一场男生永远不会懂的公主梦！

- 地址：宜兰县冬山乡珍珠村富农路一段 312 巷 120 号
- 电话：03-9590565、0988-576785
- 房型：2-4 人房、4-6 人房
- 价位：$5000-$11800（此为平日 6 人房价位）
- E-mail：ilanxinyuan@gmail.com
- 网络服务：无线网络
- 其他：住宿含迎宾花果茶、五星级英式早餐、梦幻微醺调酒；每房附专属咖啡机免费畅饮、自行装扮礼服摄影、梦幻精品专区，并另外提供婚纱摄影场地租借
- 官网：www.xinyuan.com.tw

文 / 尉迟佩文

摄影 / 尉迟佩玉、尉迟佩文

为了维持公主般的优雅，三个女生规划的行程也都秉持“不赶路、不挨饿、不流汗、不脱妆”的“四不”原则，这场童话故事戏码，我们还没出发就已经入戏了！

车子驶进冬山与罗东的交界，缓缓停在一座“城堡”前，走进花园大门，是一位“白雪公主”迎接我们。推门进去，仿佛瞬间穿越时空走入维多利亚时代的宫廷晚宴，还来不及坐下品尝主人送上的一壶花果茶，只见处处是精雕细琢的瓷器、摆饰，还有一抹淡淡的花香！

每个角落，都看得见用心与坚持

民宿主人兼“堡主”，活脱脱是位从城堡走出来的优雅亲切的女士，一切就从她的梦想，也是许多女孩的梦想——“长大后要是能拥有一座美丽的花园，住在童话故事般属于自己的城堡里，该有多好”开始的。夫妻俩秉持对“花女儿与树儿子”的爱与承诺，精心设计这里的一砖一瓦、一草一木，约4950平方米的花园里的每一个角落，处处看得到他们用心的堆砌与坚持。民宿现在已交由第二代，也就是女儿小函经营管理。这三天听着小函细数自己从小到大生长在这片乐土的美好回忆，与身为宜兰人的骄傲，我们深深相信，这不仅是台北的后花园，也是我们一直寻寻觅觅的梦中城堡！

打从踏进芯园，映入眼帘的视觉飨宴实在目不暇接，尤其当我们走进礼服区时，更是乐不可支地挑起礼服，互相往身上比来比去，像花蝴蝶一样在试衣间“飞来飞去”。我们拎了几件礼服到房间准备换装，心里默默盘算着，今晚，我要彻彻底底当个公主！

恭请小公主殿下……

来到宜兰的第一天，适逢一年一度童玩节[1]的最后一天，虽然明知人潮会多到爆炸，有如水饺锅一般的水池会有多么澎湃，但既然带孩子来了，不去凑热闹实在可惜，即使有违我们的“四不”优雅原则，还是敌不过孩子的渴望与水花的热情召唤！原则，明天再开始吧！

回到民宿，又饿又累，主人立即端上在五星级饭店才吃得到的豪华套餐，三位刚从水里“上岸”的女生顿时胃口大开、食指大动。

多才多艺的民宿女主人，不仅拥有厨师执照、园艺治疗师证照，甚至还有调酒师执照，所以饱餐后，每人还可以免费小酌一杯女主人现场特调的鸡尾酒。

---

1 台湾宜兰县每年夏季的重要活动，广受幼儿、儿童、青少年的欢迎。

小函特地安排我们入住楼中楼的“睡美人城堡”，小孩一进房间，便像回到自己家一般自在，利落地换穿礼服，然后穿梭在房里的阶梯及每个角落。看来，小公主已完全融入这出梦幻戏码。好一段时间后，我们才发觉她已穿着睡美人礼服躺在床上香香甜甜地睡去，想必今晚连做梦都会笑吧！

阳光、手作、花和水，就是童趣的幸福

经过一夜城堡好眠和皇家英式早餐飨宴，三个女生走了两个优雅的行程——橘之乡蜜饯形象馆，以及有“宜兰白宫”之称的“香草菲菲”之后，同行的“小公主”毕竟只是个八岁孩子，终于忍不住抗议：“可以开始玩了吗？”

对孩子而言，没有真正玩到什么，就不算玩乐！于是我们赶紧询问主人，临时安插了近来很夯[1]的“胜洋水草休闲农场”，与其说是农场，不如说是水

1 网络词汇，与闽南语中的“红”读音相近，表示正流行、正热门的意思。

草养殖生态园还更贴近。小孩直奔迷你水族箱 DIY 区，认养了一只超级迷你的夏威夷火山虾，并帮它布置了一个家，才笑逐颜开，终于感受到属于她的童趣与幸福！

俯拾皆是景点，可以内敛优雅，也可以热情奔放

走了几个离民宿不远的热门景点后，我们玩心更大了，第三天便毫不考虑地直奔苏澳“白米木屐村”。入园活动共分两部分：导览参观与 DIY 课程。小孩第一次拿木槌敲打铁钉，自己上色，完成迷你木屐上的皮雕图案，直说要带回去送给阿祖，问问看阿祖[1]以前是否也穿过走路会发出清脆声响的“高

---

1 闽南语，祖父。

跟鞋”。负责导览的社区妈妈资深且专业，除了一路解说白米村的故事、木屐的制作流程，言谈间也流露出对白米村再造的浓厚情感，这个曾因为沙石车频繁经过而沦为落尘量第一名的社区，如今已争气地启动白米社区文化产业的新项目，更因此获得了属于自己的净土及舞台，让人怎能不支持与另眼相看。

离开民宿前，有好几组旅客正陆陆续续准备入住，我们很好奇，今天不是星期二吗？但小函说，其实他们没什么淡旺季之分，靠的是房客之间的口耳相传，以及民宿主人与房客们“下次再来玩噢！”的随兴约定。小孩不舍地说：“下次还要来住仙杜瑞拉城堡，嗯……爱丽丝的家也不错！”有梦最美，看来，这场公主梦还可以一直延续下去！

尉迟佩文

因为一场美丽的误会进入出版界，因为对文字和书本情有独钟而赖着不走！

以往喜欢自己阅读，现在最爱陪孩子看书，立志当个热血妈妈，带着孩子游遍世界各地，

期许自己永远用正面的角度和乐观的态度，看见世界和每一个人的美好！

推荐

私房景点与美食

小公主说这里最赞！

民宿主人大推——义丰葱油派

葱好像不用钱！小函阿姨从小吃到大、每天放学必吃的怀念好味道！

- 地址：宜兰县罗东镇兴东路 69 号（靠近民生路旁，罗东邮局总局前）
- 电话：03-9573018
- 营业时间：15:00-22:00（卖完老板会提早收摊）

苏澳冷泉

苏澳冷泉为恒温 22 摄氏度的“低温矿泉”，就像让皮肤泡汽水一样，是一种肌肤的新体验——冰冰、刺刺、凉凉舒畅！

- 地址：宜兰县苏澳镇冷泉路 6-4 号
- 电话：03-9960645
- 开放时间：9:00-20:00
- 门票：大众池全价票为 70 元，半价票为 40 元，汤屋票价 200 元起

橘之乡形象馆

“客人，进来坐，请接受我们的奉茶！”每一个第一次踏进橘之乡形象馆的客人，总对于免费提供的“生津金枣茶”感到惊艳。不单是金枣茶，还提供各种试吃品，且能参观蜜饯工厂，完整体验橘之乡的温暖与甜蜜。

- 地址：宜兰市梅洲二路 33 号
- 电话：03-9285758
- 开放时间：周一至周日 8:30-18:00

香　草　菲　菲

台湾首座以“香味”为主题的展示体验馆，以白色铁架与透明玻璃搭建出梦幻浪漫的建筑，与四周的好山好水相映，室内挑高宽敞的设计，介绍各种与香味有关的自然与人文知识，并巧妙幻化为各种体验课程与五感享受。里面设有餐厅，有花园 Buffet（自助餐）、花园下午茶、香草烘焙坊，可闻、可看、可听、可尝、可摸，还可以品尝独具创意的人生四味餐。

- 地址：宜兰县员山乡内城村内城路 650 号
- 电话：03-9229933
- 开放时间：周二至周日 9:00-18:00，每周一不营业
- 门票：100 元，可抵用园内消费，110 厘米以下孩童免费入场

小旅行路线建议及玩法

兰阳山海恋，
打开五感幸福之旅！

第　一　天

▶ 出发！抵达海边的头城火车站。（铁路或“国光客运”都很方便）

▶ 趁早至热门的龙之园牛肉面馆来碗牛肉三宝，或到市场点份民宿主人推荐的古早味面条配地道小菜。

▶ 入住位于乌石港旁面海的真情非凡行馆。

▶ 打开大面窗，眺望龟山岛，让海面来的新鲜空气和着高雅的室内乐，配上天鹅拉花的咖啡，在都市待久的混沌五感都重新开启！

▶ 傍晚，下到海滩，在黑色铁质不沾脚的沙滩上赤脚步行，向兰阳博物馆前进，欣赏几何图形设计和光与云山水的曲折反映！

▶ 回到民宿小憩片刻后，享用预约的乌石港海鲜料理晚宴。每一口完美，都是主人对于食材鲜、美、味的坚持！

第　二　天

▶ 清晨，龟山岛日出，随着云层变化，阳光从窗外投射进来轻柔地唤醒旅人。

▶ 用过早餐，今天来个飞行伞基地之旅，从海拔近两百米高度滑行至海滩；或悠闲地与主人来个东海岸山径古道之旅。

▶ 从迷你的外澳站上车，搭火车穿越兰阳平原，想象先民从乌石港跨海登岸，沿河开拓兰阳。

▶ 约四十分钟即抵达台湾最美丽的车站之一：冬山。

▶ 入住芯园城堡民宿，先来个公主般的英式下午茶。

▶ 接下来的时光，可以换上民宿特别提供的公主礼服在城堡内拍照。也可以到不远的苏澳镇泡冷泉，顺访白米木屐村。

▶ 晚餐回到城堡，享受已预约的尊荣五星级大餐，配上让人微醺的调酒。

▶ 这一夜，在兰阳田野中独有的城堡内，住在比自己家客厅大好多倍的公主房，穿着睡美人的服装甜蜜入睡。

第　三　天

▶ 晨起，悠然享受皇家英式早餐。

▶ 今天，我们继续感受宜兰人特有的丰富环境创造力：胜洋水草休闲农场内迷你生态水族箱 DIY 活动。

▶ 中午，在香草菲菲香草主题馆体验各式香草餐点。

▶ 下午，在宜兰橘之乡形象馆内，手工制作以当地金枣蜜饯作原料的瓶封，当作此行的纪念！

手感达人小旅行，后花园任意门制造的惊喜！

第　一　天

出发！抵达罗东站。（铁路或客运都方便噢）

搭乘台湾好行公车，十分钟即达冬山河亲水公园门口。

入住亲水公园自行车道旁的民宿。

展开兰阳文化之旅，先预约噶玛兰文化馆导览行程。接着各种农游行程，多元选择包括鸭母船、割稻饭、三星葱饼 DIY、手作茶园制品等。

晚上，与家人或朋友相约金记鹅肉，配上几样快炒，享受雪山隧道带来的后花园快意！

回到民宿，继续在小河边煮茶，与主人聊聊今日心得和明日攻略。

第　二　天

早晨，用过民宿女主人准备的地道清粥小菜，加上冬山河的好空气，元气倍增！

上午，跨上单车，沿着亲水公园自行车道，骑进“国立”传统艺术中心，看看布袋戏、歌仔戏、皮影戏、捏面人等传统技艺常态性的展出。

中午，前往罗东镇内，循着民宿主人建议的巷弄私房美食，一一品尝。陈万枝红豆汤、阿美粉圆米粉羹、烧烤甘蔗汁、巴塔维亚咖啡、窑烤面包等，都让人回味无穷！

下午，搭上公车抵达罗东运动公园。

入住公园旁的民宿。

▶ 开始体验这个区域主打的莲花主题游程：下田赏莲采莲、荷叶纸DIY、莲花酒制作。

▶ 晚餐，我们回到罗东夜市，请藏之田料理屋老板兼大厨，依预算帮大家配一桌好料！

▶ 回到民宿，与主人及来自世界各地的朋友沏茶品茗。聊开了，藏酒也加入助兴。

▶ 这一夜，在稻香荷叶香中蒙眬入眠。

第　三　天

▶ 早起，在罗东运动公园先绕一圈，看看幸福的宜兰晨光！

▶ 今天，顺路在安平窑烤比萨、龙潭包子店停留，打包野餐踏青去……

▶ 趁着正午人潮空当，进入林美石磐步道，找个好角落，一边享受行动午餐的美味，一边吸收溪流、瀑布带来的充足氧气！

▶ 回程。期待下次再通过雪山隧道这个任意门，来到我们的后花园！

台湾是个美丽岛，南北狭长四百千米，不小，很难意识到自己在这里是住一个岛上；而台湾的诸多离岛就非常小而美，飞到这些地方，很能有岛屿度假的乐趣，从大岛到小岛，从小岛屿到更小的岛屿，这非常好玩。

都说是女娲补天剩余的彩石洒落在海面，形成众多美丽的小岛，台湾的各个离岛，澎湖、金门、马祖、绿岛、兰屿、小琉球，每个都有着迷人的地质景观，各有各的特性，绝不雷同；还因为海洋的隔绝、地理上的不便，许多在大陆、台湾本岛已经因为现代化脚步而遗失的建筑、风俗、聚落、人情，都奇迹般地在离岛保存着，百年不变，成了一个个可亲的活着的美好的传统。

这些被梳洗过的传统，最能温暖人心，因为这是几代人的智慧流传，是一种长辈留给孩子的敦厚。在离岛，只要用心，就可以发现美食、美景，特别朴实出色，与当地人的气质一样，流露着亲切的人情味，那是与自己很贴近的美好，不同于长滩岛，不同于马尔代夫，这是最可以亲近、最符合你需要的曼妙岛屿。

离开大岛到小岛，云淡风轻，沙滩洁白，海水湛蓝，人情丰美，而这些恩赐，有待自己用珍惜的眼睛、认真的耳朵，去看去听去体会。

P A R T

5

小岛风光

/

离岛

菊岛 203 Km.0[1]→发现秘境

遇见秘境

在旅人的地图上，
离岛就象征着每个国家的后花园。
日本有冲绳，
韩国有济州岛，
泰国有苏美岛，
印尼有夙负盛名的峇里岛……
而中国台湾的后花园，
当然是澎湖喽！

- 地址：澎湖县白沙乡港子村 1-6 号
- 电话：06-9931212
- 房型：2-4 人房
- 价位：$3200-$5300
- 网络服务：无线网络
- 其他：住宿含早餐、旅游咨询、代订行程与租车、星光啤酒夜之观星导览
- 官网：www.mcctu.com.tw

文 / 张雅慧　摄影 / 庄宝铃、金益健

1　Kilometer Zero，城市原点，是马德里的标志性景点。此处 203km.0 表示澎湖县标志坐标。

澎湖从何时开始被称为菊岛？原生于南美洲的天人菊又是如何迁移至此？这个问题已经很难考究了，但或许就像从台湾本岛乔迁至此的民宿业者，在与本地人勠力合作下，有效行销澎湖的风俗与美景，才造就出现今的观光荣景吧。

作为县花的天人菊，不只象征澎湖人的坚毅与刻苦，更尽责地标记出旅游淡旺季，在天人菊盛开的5~10月，恰好是旅游澎湖的好时节！真的是这样吗？！NO，NO，NO！这趟旅程因为“遇见”澎湖达人，才知澎湖不只有夏天的花火节，元宵节的乞龟祈福和外垵渔火也值得游赏啊！

说走就走，旅程0规则

本地小旅行最棒的就是，没有语言隔阂，不用担心治安问题，自然不用特别规划行程，说走马上就出发，然后在旅途中边走边挖掘有趣的事物，写就一段美妙的相遇故事。就像是西班牙电影《Km. 0》（《爱情0规则》）中，十四位男女主角各自因不同原因，约定在马德里的太阳门广场，被称为“西班牙肚脐”的交通纽带“Km. 0”碰面，而发展出浪漫故事……

一心编织着罗曼史，场景当然不能太普通，洋溢着地中海风情、蓝白色的“遇见秘境”绝对是最佳选择！

地球真的是圆的！星光啤酒趴

幻想中的澎湖浪漫故事，就从 203 Km. 0 开始！第一景自然是鼎鼎有名的“澎湖花火节”，从县道路标到烟火现场走路约 5~10 分钟。近距离观看烟火，时间长达 15 分钟，真是奢侈的享受，机票难求正反映出烟火秀的大成功。

美丽的烟火还在脑中不断播映时，民宿管家已带我们抵达下榻的浪漫窝，朦胧月色中，希腊圣托里尼岛的蓝白建筑、圆顶、风车马上在心底爆射出最灿烂的烟花，让我们兴奋得有如跃出海面的海豚。

办理入住手续后，管家立即送上迎宾饮料，并附赠啤酒兑换券。我们抵达的第一晚，“秘境”不定时出没的星达人正好在，机会难得，就算不是个观星好时日，大伙仍旧坐在户外，在满月的亮光下，用如千度近视的眼睛，搜寻躲在云雾后的北极星。尽管星光杳无踪迹，但达人的追星故事精彩，从原本濒临崩溃的人生因天蝎座“红巨星”而得到救赎，再从红巨星谈到星座命名，动漫《梦幻游戏》，韩剧《善德女王》《大风水》……要不是恼人的蚊子，恐怕会聊到三更。

/ 元宵节的
外垵渔火与乞龟活动 /

2011 年被全球背包客奉为圭臬的“Lonely Planet”[1]，发行了 *Best in Travel 2011*[2]，从世界各地选出“十大秘密岛屿”，澎湖就名列其中。书中详列澎湖值得游历的自然景观、传统文化，特别是台湾最古老的妈祖庙，以及我第一次从“秘境”主人阿布拉口中听来的“元宵乞龟”。

前夜的无星光夜，尽管眼盲，心却清明得很。星达人所透露的“遇见秘境”隐藏的心碎故事，以及主人想传递的期待，我可没睡一觉就忘了，隔天硬是跟管家递出约会信，希望主人赏脸一聊。

果不其然，一开始少话的阿布拉，一聊到澎湖观光的发展潜力，就像是宝库大开，不断拿出傲人的、有待雕琢的璞石。根据阿布拉的希望蓝图，就算是季风强劲、草木干枯的深冬，澎湖仍有如零星不畏风吹、摇曳生姿的天人菊那般绽放精彩的文化活动，元宵节的乞龟活动和相伴而生的外垵渔火就是个大亮点。

台湾不少知名企业家都出身澎湖，航运业龙头长荣集团老董张荣发的祖籍是澎湖，慧洋海运董座蓝俊升、运兴海运张明利、大东山吕明鉴等都是正港澎湖人。乞龟祈福活动自古就是澎湖人的盛典，祈福龟从早期的肪片龟、米包龟，到近年的金灵龟、黄金龟，活动随着媒体宣传一年比一年盛大，加

1　孤独星球，全球最大的旅游指南出版商。

2　《最棒的旅行 2011》，《孤独星球》系列旅游丛书。

上得主多为大老板，按习俗还龟时会再加添黄金，2013 年的黄金龟已重达两百三十两（11.5 千克），市值千万（台币）。不只愈演愈烈的黄金龟之争，听说游行阵头也很有看头。

除了引爆高潮的锁港北极殿、山水上帝庙外，县内各大小庙宇也都有相关活动，最特别的是外埯的温王庙，数百艘渔船在除夕夜回港团聚，于元宵这一天，依吉时点亮渔火，上千盏的千瓦捕鱼灯，顷刻将夜空照得犹如白昼，说是台湾最美丽的海上灯会也不为过。而且，近年信众花钱不手软的，燃放烟火欢庆元宵，将外埯渔港的元宵夜装点得更加璀璨。

通过阿布拉的描述，有如自己也置身现场，顿时热血沸腾了起来，同时也恍然了悟，屏东东港子弟为何会爱上澎湖，选在这里实现年少时的民宿梦。正如“遇见秘境”所传递的讯息，我在秘境窥见了“澎湖人勇于实现自我的梦”，在羡慕阿布拉同列伟大航道之余，也激起了我想要实践梦想的浪漫情怀。

站在外埯渔港边 203 Km. 36.5 路标下，我们在伟大航道上启程逐梦。

张雅慧
ZHANG
YA
HUI

明明是个性老爱往外跑的人，却只对编辑这种黏在椅子上的工作情有独钟。

近年舍青春为众人推荐了不少让青春常驻的健康好书：《不生病的生活》《一日一餐的健康奇迹》《不被医生杀死的 47 心得》等。

推荐

私房景点与美食

"秘境"等待与你"遇见"，共谱有爱的故事！

柳暗花明又一村：内埯风景区

识水性的人很适合来这里泡水游泳，最棒的是这里设有干净的盥洗间、更衣室。就算不下海当"美人鱼"，完善的木栈道也是健行、散步、吹海风的好去处。

- 地址：澎湖县西屿乡内埯村西边滨海
- 电话：06-9216445
- 开放时间：全天候
- 怎么去：开车走 203 线道可达

摄影名家竞相挑战：奎壁山地质公园

怕晒的人不要来！潮水的退、涨有时间可循，自信能控制时间的人可要注意了，想要跟大自然竞赛绝对包输！有心挑战浮现海上沙滩小径美景者，请务必提早来等候。

◆ 地址：澎湖县湖西乡北寮村奎壁山

◆ 电话：06-9216445

◆ 开放时间：全天候

◆ 怎么去：从马公“东卫”出发，沿着2号线道，一路往西到湖西南寮村时，再往北走到北寮村，即可抵达。

老少咸宜：澎湖水族馆

从“秘境”缓步前往，沿路可见古厝、菜宅，转入里巷走到岐头村码头，可坐在港边发呆，或可继续往前走到水族馆，有喂鱼秀，很适合阖家同游。

◆ 地址：澎湖县白沙乡岐头村58号

◆ 电话：06-9933006

◆ 营业时间：08:30-17:00（12月休馆）

◆ 喂鱼秀时间：11:00-15:00（一楼大洋池）

高 CP 值怀旧菜色：傻爱庄

这古朴的洋楼是澎湖第一任民选县长李玉林的旧居。屋内尽是闽南风格，且在台湾花布的巧饰下，让人更期待阿婆的手路菜：米香饭、椿蛋、花菜干、珊瑚饼。

◆ 地址：澎湖县马公市新生路 14 号

◆ 电话：06-9263693

◆ 营业时间：10:00-24:00

闻香必下车：美东芳牛肉面店

熟客才知的限量招牌花椒是老板娘返乡携回的正牌货。爱吃辣的我们知道得来不易，也体贴地减量使用，祈愿闻香下车的饕客们也能一尝这超值美味。

◆ 地址：澎湖县白沙乡港子村 67 之 2 号

◆ 电话：06-9931470

◆ 营业时间：10:00-19:00

五月天，菊岛发现海

和田大饭店

五月天的澎湖，
有阳光但不晒，
有人气却不挤。
五月天的澎湖，
学生们尚未放暑假，
陆客鲜少知道这块净土。
五月天的澎湖，
跟着光的变化看海，
从早到晚皆别具风情！

- 地址：澎湖县马公市民权路 2 号
- 电话：06-9263936
- 房型：2-4 人房
- 价位：$4000-$10000
- 网络服务：无线网络
- 其他：住宿含早餐。饭店附设餐厅、SPA 馆
- 官网：www.mhoteltw.com

文 / 施伊姿　摄影 / 王琪、李宁

五月的澎湖，白天阳光可让人赤足踩在细白沙滩上尽情戏水；慵懒的午后，正好赖在咖啡馆享受午茶；傍晚跟着夕阳，踏骑自行车感受光与海交互辉映的美感。人潮在晚间的“花火节”涌现，璀璨的花火在天空绽放，热闹地为一天画上美丽的句点。

若要真正放松身心，住在澎湖更是重要。集合饭店、餐厅、SAP复合式经营的“和田大饭店”，正是我们这趟澎湖行的首选。澎湖，我们来啦！

和田的贴心，从机场开始

一下飞机，正当搞不清楚东南西北之际，首先映入眼帘的是和田大饭店的机场柜台。服务人员贴心告知，会有专车接送至饭店，当下安心许多。放眼整座马公机场，目前只有和田设置机场服务台，并为了来自世界各地的背包客，中、英文咨询都开通了哟！

一进和田大饭店，立刻让人有种放松的感觉。

柜台接待的服务人员皆穿着南洋风的休闲衬衫和海滩裤，亲切地接待我们。和田副理学濬是我们这些天的导游，他安排我们四人分别住在整栋景观

最好的“和风海洋风格套房”和最大间宽敞的“和田套房”。位于饭店九楼的“和风海洋风格套房”，紧邻海边，户外景色绝佳，床是 Queen Size（约 203 厘米 ×152 厘米）的独立筒床，睡起来超舒服。“和田套房”则位于饭店二楼，是全栋唯一有独立卧房和餐厅的最特殊套房，听说许多大人物来都被安排住在这间呢。

漫步澎湖市区，入住和田一大优点

近市区，闹中取静，是住和田的好处之一。位于马公民权路上的和田饭店，离市区超近，四眼井、妈祖庙、施公祠等著名景点，只要步行就可轻松游玩。我们几个女生才刚到澎湖，就迫不及待地走了一圈热门景点。走累了，也可以随时回舒服的饭店休息。

五月天的澎湖，正好赶上澎湖 4~6 月每周一、周四才有的“花火节”，又因为和田离花火节会场超近，加上副理事先指点地形，享用完和田饭店的美味晚餐后，我们悠然漫步到会场，并穿越重重人群，站在绝佳的景点观看传说中绚丽的烟火。哇，第一次如此近距离地感受花火的美好。从天而降的花火在眼前绽放，现场的惊呼声都是幸福的赞叹。

来澎湖一定要吃海鲜？先等等

来澎湖的第一餐就让我们惊艳。在澎湖吃美味西餐是何种感受呢？和田大饭店的专属餐厅“和禾洋食”晚餐值得尝鲜。

二代老板隽孜，本身就是位美食家，这些年一直想将精致西餐美食在澎湖推广。因此，副理特别推荐我们先享用“和禾洋食”的晚餐。餐前酒、面包、汤点、小羊排、红酒、甜点、饮料，丰盛无比，分量还大得惊人。问了学滂，他说因应当地居民的要求，一定要让乡亲吃够本。所以这间餐厅不只服务和田的房客，连澎湖居民举凡庆祝任何重要节日，高级西餐首选就是“和禾洋食”。

还有，住房免费提供的“和禾洋食”早餐更是不可错过，超大份早餐绝对足够整个半天游玩的体力，若时间不够，还可以请饭店外带，真是非常贴心的服务呀！

/ 让人赞叹的“光之径” /

充满许多美好回忆的澎湖行程，最让人赞叹的景点，莫过于和田饭店老板隽孜强推的秘密景点“光之径”。傍晚时分，跟饭店租了脚踏车，沿着观音亭自行车道，即可享受海边逐日的悠闲脚踏车之旅。

整个海面随着太阳光呈现不同的样貌。看过许多海的颜色，却从没看过海面呈现波光粼粼的 Tiffany（蒂芙尼）蓝。这一刻，我们看到了，并被眼前

的美景震慑住，瞠目结舌，无法用言语形容。我们将脚踏车停在一旁，静静地欣赏这份美丽，澎湖，送给我们最美的礼物。

/ 贴心好眠的“和柔 · SPA” /

虽然行程走得悠闲惬意，但身体难免微微感到一些疲累，和田大饭店竟也贴心提供“和柔 · SPA”，供旅人们放松身心。躺在香氛房中，经过一小时舒缓肌肉压力的按摩，晚上，便是一夜好眠。

最后一天清晨竟下起大雨，依依不舍。副理学濬亲自送我们坐上前往机场的车。真的非常感谢和田每一位服务人员的招待，热情亲切，使命必达，完全是宾至如归的感受。如梦似幻的澎湖之旅，让人完全放松身心的和田大饭店。心里想着，好美的回忆，总有一天，我们一定还要再回来！

施伊姿
SHI
YI
ZI

沧海一介小书虫，爱笑爱美爱亲友，分享动人每一刻，感恩永远存心中。

推荐

私房景点与美食

副经理说：这里最赞！

光 之 径

从饭店骑脚踏车出发，约5分钟后便来到观音亭的自行车步道。傍晚时分，沿着海岸线一路骑去，恰巧可见夕阳与海面光影变化，波光粼粼的阳光与海，每个时刻幻化成不同色彩，值得亲临现场感受。

阳　光　阿　有　专　业　浮　潜

拥有多年浮潜经验的阳光阿有，是一支专业的浮潜团队。无论游客有无经验，出发前一定会专业解说，派多名教练陪同浮潜，讲解海洋生态，并有摄影师随行拍摄，当日就可在脸书上看见自己浮潜的照片，绝对是难忘的经验。

- 电话：0920-774209、06-9952917
- 浮潜时段：9:00-14:00
- 网页：http://sunny-u.com

风　信　子　咖　啡　馆

马公市周边有许多别具风味的小咖啡厅，风信子就是此地历史悠久的精品咖啡店。在这里暂时歇脚，啜饮虹吸式咖啡，喝着 CP 值超高的下午茶，聊天谈心，看晚霞夕阳，是悠闲纾压的最佳选择。

- 地址：澎湖县马公市仁爱路 15 号（启明派出所斜对面）
- 电话：06-9260739
- 营业时间：13:00-24:00

家　竹　黑　砂　糖　冷　热　冰

看完花火节的烟火，时间还早，步行回饭店的路上，不急着回去，吃上一碗沁凉的黑砂糖冰，为这个夏夜画上一个美丽的句点。

- 地址：澎湖县马公市复国路 27 号
- 电话：06-9276722
- 营业时间：09:30-24:00
- 主要推荐美食：黑砂糖冰品——黑糖粉粿

日　光　海　岸

这片蓝海的故乡，飘散着海盗的故事、渔民的讴歌。
在这里随意找个地方放空自己，什么都不做。
只需一杯咖啡，看山看海，都足以奢侈得让人羡慕。

◆ 地址：马祖南竿乡仁爱村 1-1 号

◆ 电话：0836-26666-9

◆ 房型：2-4 人房

◆ 价位：＄3000-＄5000

◆ 网络：无线网络

◆ 其他：住宿附精致养生早餐，提供机场接送、导览咨询服务

◆ 官网：www.coasthotel.com.tw

赖世荣

兄弟一起圆梦的马祖行

在对的时间，出现对的事

马祖行，掌握这个机缘，千里迢迢从台东搭清晨的自强号火车，辗转到了松山机场，和年逾70岁的老哥哥会合。这辈子从没想过，有这么一天，这两位老人家携手逐梦，哥哥背着画架再度造访闽江口的马祖，一圆多年前想再踏上这座古色古香风情的离岛写生之梦。

六十几岁，从新闻工作退休，现在从事导游的弟弟，疯狂地想搜寻那天涯海角的离岛故事，短短两夜三天时间，几乎踏遍南北竿迷人的闽东聚落，追求那最美的镜头，希望有一天成为文采和绘画题材。兄弟俩就这么各自追求梦想，各自骑着机车，在陡峭的南北竿，上山下海，故事就这么在老天爷的安排下，逐一演绎着。

/ 斗大的 “MATSU 卡蹓去” /

傍晚5点多，走出南竿机场，秋天的东北季风，张挂着落日余晖，阳光轻轻柔柔地洒在机场四周，岛屿风情即刻进入眼帘。四处可见斗大的“MATSU卡蹓去”看板，深深吸引着我们。记者本性的我，立刻询问岛上居民，什么是卡蹓？原来马祖话就是“去玩”的意思，这可真趣味性十足啊。同时侧耳倾听他们讲的话，完全让人鸭子听雷，原来马祖话就是福州话。

我们的行程是非常紧凑的，第一天，安顿好行李，我们在四顾茫然搞不清楚方位的情况下，老哥哥急着背起画架骑着民宿借来的机车就要出门。

黄昏即将逼近，民宿山脚下的美景稍纵即逝，从日光海岸山头往下眺望，就是一个湛蓝的海湾，四周是嶙峋峻奇的花岗石岩岸。兄弟俩二话不说，直往下奔，老哥在夕阳余晖下痛快淋漓地画了两张油画，我则直接前往鬼斧神工的战地味、硝烟味十足的岩岸，走进北海坑道。

/ 鬼斧神工的战争痕迹 /

坑道外头被惊涛骇浪拍打着，里面海水一平如镜，花岗岩壁上闪着晕黄

的灯光，水滴不时穿墙渗出，黄昏时节，独自一人走入，恍若进入深不可探的幽谷，让人愈走心底愈寒。想象不到当年士兵们如何一斧一凿地爆破敲打出迷踪似的军事要塞，居然可容纳上百艘登陆小艇，让人叹为观止。

接下来的两天，哥哥留在定点写生画图，我则探访了一些当年留下的重要军事基地。诸如大汉据点、铁堡、八八坑道、战争和平纪念公园等诸多过去的军事要塞，仿佛可以闻到当年的硝烟味。

马祖列岛控锁闽江咽喉，位居最前线，年轻时我们当兵最怕抽到“金马号”，就是担心水鬼摸上岸，被取首割喉。

岛上处处脱离不了闽东风情的常民文化和战地风情，迥异于台湾本岛，当然更不同于本地居民最多的东部台湾。

/ 独特的庙宇与建筑 /

次日一早，兄弟两人骑着机车直奔南竿岛的福澳港，这也是台马轮和离岛的候船处。约莫20分钟左右的船程，风浪颇大，船行颠簸，我们乘风破浪走访北竿岛，重点就在芹壁村。老哥多年前随着画会成员前来此处油画写生过，对此处念念不忘，一直说要旧地重游。我对马祖的印象，来自他拍回来的惊艳又心动不已的照片，这是此行最重要的缘起。

马祖列岛共有36个岛屿，像曼妙珍珠似的撒在福建闽江口，在海潮洋流的冲击下，老天爷也勾勒出风化和侵蚀下的雄阔险奇。独特的花岗岩岸，壮丽奇特自然不在话下。说马祖有多美？旅人墨客恐难在影音或画面上说出来，唯有亲自面临大海岩岸，享受海风的吹拂，在独特的闽东灰白花岗岩建筑下，抚摩岁月的斑驳沧桑，在类似九份山城的巷弄踽踽独行，你才能真正体会出马祖的美。

芹壁村及诸多马祖建筑，大多十室九空，人口外流严重，目前全马祖人口大约五六千人，守着这个闽江口特有的沧桑岁月。

/ 闽东原乡“石头屋”建筑 /

先民用海边的花岗岩一斧一凿敲出厚实的花岗岩块，堆垒成两层楼的建筑，大多高挑，窗户开在楼上，雄伟古朴。不少已成荒烟蔓草，真是让人勾起“故垒西边，人道是，三国周郎赤壁……”的日暮时分沧桑感觉。老哥哥流连这些聚落画了不少油画，多少也振奋了拿相机的我，何日我也该拾起画笔画画。

这种独特的闽东原乡“石头屋”建筑，由于靠海风大，每户屋顶上的每块瓦片上，都压着俗称“一颗印”的石头，数大便是美，我认为应该列入《世界遗产名录》来保护它，让它成为真正的观光资产，千万不要搞个赌城在这儿。

另外，更让我赞叹不已的就是独特的庙宇造型，它和台湾的庙宇截然不同，

每座庙宇像卡通图片似的夸张地矗立着，用色鲜艳大胆，造型是火焰般的风火山墙屋脊。这种特色都是摄影家追求的美景、画家笔下寻思寄情的题材。

这片蓝海的故乡，飘散着海盗的故事，飘散着渔民白浪滔滔的讴歌，让人赞叹不已。这里真的是一处可以让你轻松徜徉，激发你艺术家、文学家灵感的摇篮。在这里甚至放空自己，什么都不做，只需啜饮一杯咖啡，看山看海，都足以奢侈得让人羡慕。

每一间房间都可以看到海的日光海岸

在马祖短短的三天，我们可以说是披星戴月，仓促地接受马祖的洗礼，

这只是一个故事的开端，我们还会再来的，因为东引、西引、东莒、西莒四个岛还没去。

两个晚上的时间都住在马祖顶级的住处——日光海岸。这栋建筑非常别致，采用清水模的极简风格，冷峻、质朴的特色，甚至还有禅意十足的氛围。

民宿主人夫妻俩都是马祖人，高中时曾负笈来台念书，之后返回马祖共同从事园艺和花艺的工作。当时刚好马祖全面走向观光事业，夫妻俩参与“政府”推动的城乡工作室，从事聚落保存工作，认识了曾在马祖当兵的建筑师。彼此理念相投，两人就请建筑师设计了这座结合了自然地景、人文与新东方建筑精神的民宿，用了大量落地景观玻璃，巧妙地将自然景致与光影融于流畅的空间之中，在海平面外做出了无限的扩张与延伸。

这座民宿在山顶顶端，下面就是港湾，有大汉据点和北海坑道，也是观光局马祖风景管理处所在。建筑物四周还采取自然工法，听虫鸣鸟叫、观星听浪都是绝佳享受，每一间房间都可以看到海，每户都有独立的室外空间，沏壶茶、喝杯咖啡，人生还有比这更惬意的吗？

此行最重要的是来绘画和摄影的，其他就从简了。临走时，厚道的哥哥感谢他们的款待，还送了一幅油画给日光海岸民宿，希望下回造访时，能看见他们挂在某面墙上。

赖世荣
LAI
SHI
RONG

前新闻人，曾任《自立早报》《自由时报》编辑，现为花东地区专业导游。

生命有限，知识无涯，尽心尽力活着就是，每一秒钟都不要浪费。

在外婆的澎湖湾，遇见一片海蓝蓝！

第　一　天

▶ 出发！抵达马公机场。领到行李，轻松走向“和田饭店”专属柜台报到。一会儿，专车即抵达马公市区内入住。

▶ 哇！今天住在澎湖“宿二代”传承家族后改造的精致旅店，先做个SPA吧。

▶ 下午，听听老歌，慵懒地赖在旅店一楼的咖啡馆内，等阳光稍歇后再出游。

▶ 傍晚，骑上单车，探访饭店主人私房推荐的“光之径”单车路线：躺在沙滩，欣赏传说中的Tiffany蓝出现在夕阳西斜的海面上的绝景。

▶ 晚餐，在有百年历史巴洛克风的洋楼：傻爱庄餐厅，吃“珊瑚饼”“花菜干”等阿婆的拿手菜。

▶ 餐后，到澎湖湾走走，时间算得刚好的话，正好可欣赏花火节的烟花庆典。

▶ 走回饭店的路上，来碗超大盘的“黑砂糖冷热冰”，结束第一个澎湖的夜晚。

第　二　天

▶ 适应了澎湖的阳光，今天在“阳光阿有浮潜”的教练们的带领下，一起体验澎湖的海水和美丽的珊瑚礁鱼。教练还兼任海底摄影师，帮大家留下美人鱼的回忆！

▶ 午后，入住仿佛希腊地中海小岛的风格民宿。

▶ 小憩一番之后，算好退潮时间，换上机车或小黄，我们到奎壁山地质公园看看海水分为两半的 S 形砾石滩。

▶ 夜晚，参加民宿的星光啤酒派对，让三铁运动健将的主人扮演今晚的星星王子，为大家介绍星座的传奇。

第　三　天

▶ 今天，悠闲地吃完早餐后，继续造访澎湖更多的文化聚落和地质风景。

▶ 跨海大桥、二崁古厝、澎湖水族馆、仙人掌冰、风信子咖啡馆，都属民宿推荐必游！

▶ 内埯风景区，值得花上更多时间在游泳潜水、逛沙滩、赏天人菊……

▶ 海天一色的生活就此打住，期待很快再回来当几天澎湖人。

来马祖吧！
不用出国也能享受地中海景色

第　一　天

▶ 前一晚从基隆港搭上台马轮的夜船。在恰好容得一人的卧铺上，想象母亲的摇篮，一边摇晃，一边入梦乡。

▶ 等到清晨，海上桃花源到了！在南竿福澳码头上岸后，顺路在坡上老街的早餐店来盘蛋饼＋豆浆。耳边传来的尽是福州话，这里是闽江口的马祖，空气清新到以为自己身处日本或北美洲！

▶ 早餐用毕，先联络民宿老板来接我们，前往今晚的住处。

▶ 入住时间还早，先来杯民宿的迎宾养生果汁。坐在位于崖上超大面窗的海景餐厅，向下俯瞰北海坑道及游客中心，飘然欲仙的感觉更强烈了。

▶ 马祖的公车真便利，一张悠游卡就能卡蹓（“游玩”的闽东方言）南、北竿环岛公车。研究好各个景点（据点）的地理位置及东西向公车的时刻之后，带着相机出发吧！

▶ 游遍南竿岛，在津沙老聚落欣赏闽东建筑遗址的美丽与哀愁；坐在马港天后宫前望着东海、黄海交替往来，看着由妈祖庇佑的超级商船及小渔船们，感受一下“‘吃吃看’的老酒面线＋继光饼三明治”的地道吃法；赶在夕阳西下前往夫人村喝完咖啡；最后抵达酒厂下的牛角（复兴）村，以“依嬷的店”里的闽东风味创意料理餐作为高潮结尾。

▶ 搭计程车回民宿，斟一杯马祖陈高，在阳台上望东海上的迷人月光，今晚，酒不醉人人自醉！

第　二　天

▶ 用完民宿的养生元气早点，继续搭上卡蹓公车，到县政府所在地，也是南竿最大聚落——介寿村。

▶ 一一造访市场内外的美食，尝尝福州味的鼎边锉、红豆汤圆等等。

▶ 探访完八八坑道和酒厂，午餐我们继续闽东美食之旅：老酒黄鱼、红糟肉……跟酒和海绝对都脱离不了关系。

▶ 近晚，从民宿旁的农路拾阶步行向下即可进入铁板村，这个保留并继续发扬闽东文化的美丽聚落。然后，在一堆阿兵哥队伍后面等了很久，才从一个阿婆手中接过熟烫的“虫弟饼”，其美味可口的感觉足以证明这文化传承的深刻意义……

第　三　天

▶ 今天，离开南竿岛，搭小白船到对面的北竿，拿出悠游卡继续卡蹓！

▶ 第一站，芹壁闽东老宅群聚。这里不只可以看海，也是看对岸大陆福州最近、声闻相息的地方。

▶ 第二站，桥仔村，神明庙宇比住户多的渔村。

▶ 第三站，北竿机场所在地：塘岐。除了美食一条街，午饭后最适合的是军事坑道步道游。

▶ 下午，沿着机场往隔壁村方向走，眼前的步道是这次旅行最美的长滩，海浪自两侧同时冲击堆成的塘后沙滩，轻松地让时光暂停在这里两个小时……

▶ 近晚，搭上北竿机场的航班，告别闽东外海的珍珠！